「我是洛西耶爾派首席，
蘇爾蘿。」
蘇爾蘿
（天使族）
Sarurou/Angel
Farming life in another world. Volume 11

『我是基拉爾的妻子。』
古隆蒂
（龍族）
Gouronde/Hi Ancient Dragon

「我是安德麗。」
「我是阿蕾夏。」
安德麗
（魔族）
Enderi/Magic Human
Farming life in another world. Volume 11

「我是琪莉莎娜。」
琪莉莎娜
（魔族）
Kirisana/Magic Human
阿蕾夏
（魔族）
Aleisha/Magic Human

「大家一起
Farming life in another world. Volume 11

撿栗子！」

異世界悠閒農家

Farming life in another world.
Presented by Kinosuke Naito
Illustration by Yasumo

内藤騎之介
插畫やすも
Farming life
in another world.
Kadokawa Fantastic Novels

異世界悠閒農家

Farming life in another world.

Prologue

Presented by
Kinosuke Naito
Illustration by
Yasumo

〔序章〕

腐壞的身軀

好痛……
我知道身體逐漸腐壞。
好痛……
我也知道身體嘗試自癒。
好痛……
我知道有某些存在妨礙身體自癒。
好痛……
是詛咒。
前來打倒我的那些勇者，他們手裡的武具帶有詛咒。
如果只是一、兩道詛咒，我還能靠與生俱來的強橫肉體彈回去。但是，面對一、二十道詛咒，就算是我的身體也有困難。
好痛好痛……
為什麼我會這麼痛苦……
不可饒恕。
絕不寬貸。

我要報仇。
儘管老公已替我報仇了，我還是要再來一次。
已經殺掉了？
勇者會復活。
就算復活也會死於壽命？
那又怎麼樣？
以為這樣就能得到寬恕嗎？
以為我的怒火會就此平息嗎？
我不可能放過他們。
沒錯，我一定要報仇。
給我記住，該死的人類。
不對，不止人類。
協助那些勇者的全都別想跑。
你們全是我的仇人。

我有段時間這麼想過。
那麼強烈的怒火居然能持續多年，我自己都覺得不可思議。

如今我已放寬心胸，過著平靜的日子。

呃，雖然痛楚還在，但我習慣了。

關於痛楚以及逐漸腐壞的身軀，冷靜一想，都要怪我做了些會讓人派出勇者討伐隊的事。

以前我很容易激動，光是風吹就會不爽地大鬧。至於脾氣為何這麼差……大概是叛逆期吧。請當成是叛逆期，只是叛逆期持續了幾百年而已。

…………

非常抱歉，我有在反省。

所以，我想盡辦法要擺脫痛楚和逐漸腐壞的身軀……卻無可奈何。

老公飛遍全世界，找到了治療我的方法，但是缺少治療所需的材料。

那樣材料，就是世界樹（Yggdrasill）的葉子。

需要名為「世界樹」的聖樹之葉。而且，不是一、兩片，需要的數量不少。

但是，那棵樹已經沒了。

以前我把它打斷，然後燒掉。理由是擋路。

得知這個事實的我變得更暴躁，不過現在沒事了。我已接受現實。

一切都要怪我。

所以，我想自己只能帶著這副身軀走下去。

應該不會拖太久吧。

嗯，時日無多。
最近，身體的自癒能力日漸衰退，腐壞的力量則是愈來愈強。換句話說，就是這麼回事。
讓我掛心的只有兩件事。
其一是女兒。
我生下她，卻沒辦法常常和她見面。不知道她長大了沒有？在我死前，希望能見她一面。
而另一件事是老公。
我沒告訴他自癒能力衰退的事。
要是告訴他，他一定會亂來。

我還能活幾年呢？
剩下的日子裡，我會努力在老公面前表現得有精神。
這是我對自己的處罰。

異世界悠閒農家

Farming life in another world.

Chapter,1

Presented by
Kinosuke Naito
Illustration by
Yasumo

〔第一章〕

神敵

01.住家　02.田地　03.雞舍　04.大樹　05.狗屋　06.宿舍　07.犬區　08.舞台　09.旅舍　10.工廠
11.居住區　12.澡堂　13.高爾夫球場　14.進水道　15.排水道　16.蓄水池　17.泳池與相關設施
18.果園區　19.牧場區　20.馬廄　21.牛棚　22.山羊圈　23.羊圈　24.藥草田
25.新田區　26.賽跑場　27.迷宮入口　28.花田　29.遊樂設施　30.看守小屋
31.正規遊樂設施　32.動物用溫水浴池　33.萬能船專屬船塢　34.世界樹

1 田地擴張與矮個子天使族

我在村子既有田地的東側擴張新田，用來種在「五號村」開店需要的原料。

縱然有點辛苦，但也只是一時。

我還透過麥可先生的戈隆商會運作，為了從「大樹村」以外的地方確保原料。

如果不能從別的地方進貨，一旦我有個萬一就麻煩了。豈有一個人倒下就讓營運崩潰的道理。

……

嗯，大概還是會有不可或缺的人才，不過我希望店鋪營運不至於因為這人感冒倒下就動搖。

我在耕田時，看見烏爾莎領著孩子們往迷宮移動。

烏爾莎、阿爾弗雷德、蒂潔爾、娜特、利留斯、利格爾、拉提、特萊因，以及火一郎和古拉兒。孩子們後方，則是同行的哈克蓮與三名鬼人族女僕。

除此之外，鬼人族女僕後面還跟著約二十個蜥蜴人。那是護衛嗎？不，是蜥蜴人小孩吧，從腳步就看得出來。若是蜥蜴人護衛，步伐應該會更整齊。即使孩子們很努力，卻無法做到腳步一致。

走在後面是順便練習嗎？既然是要去玩，可以放輕鬆一點的。

烏爾莎他們的目標不是迷宮，而是要利用迷宮內的傳送門前往「五號村」。

今天早上，阿爾弗雷德來找我商量，表示孩子們想去「五號村」山腳的活動設施。那裡似乎要舉行以小孩為對象的活動。

阿爾弗雷德難得提出要求，所以我很高興地允許了。

雖然孩子們先前在「五號村」出了點問題，但是把他們關在村子裡頭也不行。既然對外面有興趣，我希望他們能夠趁機長點見識。

儘管我很想一起去，但孩子們已經找到哈克蓮和鬼人族女僕陪同，於是我放棄了。唉，我還得擴張田地嘛。有點遺憾。

至於麻煩……畢竟是孩子，惹麻煩是理所當然。不過，我相信他們會平安歸來。

領頭的烏爾莎看見我，便揮揮手向我打招呼。希望他們玩得開心。

孩子們這次要去的活動設施，是前陣子他們與「五號村」警衛隊起衝突之後，我為了表示歉意而下令蓋的。

類似生存遊戲的市街場地吧？

除了道歉之外，也是希望能夠有個不需要打擾市民就能進行市街戰的場地。

場內的建築物，我原先打算蓋得簡單一點就好，但是在「五號村」見習工匠們的競爭之下，蓋出了一批很像一回事的建築。如果有個萬一，甚至可以將那裡當成避難所。

嗯，必要的時候真的能當成避難所，所以沒問題。「五號村」的警衛隊員們相當高興。

這麼說來，活動設施完工時，我說希望除了戰鬥訓練之外也要進行火災演練，結果畢莉卡一本正經地這麼說道：

「為了預防火攻嗎？」

那是玩笑嗎？抱歉我實在笑不太出來。

開始進行火災演練後，參與的居民愈來愈多，到後來那裡甚至成了舉行各種遊戲活動的場地，現在似乎變得相當熱鬧。

因此，地點鄰近活動設施的「麵屋布里多爾」，應該會是新開的幾間店裡最受歡迎的。畢竟活動設施的隔壁就是棒球場嘛。

「麵屋布里多爾」。

布里多爾這個名字，是葛拉茲的姓氏。

這間店因為原料問題，我想讓它成為一間與甜點無關的店，於是找了當時就在附近的葛拉茲與蘿娜商量。

拉麵店是葛拉茲的意見。

基於前述原因兼祝賀兩人結婚，我打算店名就借用兩人的名字。我和葛拉茲一開始提議「麵屋蘿娜娜」，但是蘿娜娜本人覺得很不好意思，所以變成了「麵屋布里多爾」。

我原本擔心用貴族的姓氏不太好，不過有了葛拉茲本人的許可，所以沒問題。比傑爾聽到這件事，顯得有點羨慕。

記得比傑爾的姓氏是克洛姆嘛。是不是該在哪邊開間「麵屋克洛姆」呢？不，比傑爾大概會用孫女的名字吧？這麼一來就是「麵屋芙拉西亞」……不錯呢。

可是呢，短時間內應該沒辦法開新店就是了。

中午過後。

田地擴張作業暫停，休息。

雖然我用「萬能農具」不會累，但是在夏季正熱的時期不斷耕田，會讓周圍的人擔心，必須讓人看見我有適度休息。

…………

就在我休息時，一名半人馬族來到這裡。

「村長，不好意思，出了點麻煩。」

麻煩似乎出在居住區。因此我坐上半人馬族的背，趕往出事地點。

現場是居住區的世界樹。

數名半人牛族和半人馬族圍著它。

我問大家發生什麼事。

然後我順著其中一名半人牛族指的方向看過去。那裡有隻很大的毛蟲……蠶。

體長……大約八十公分吧？牠待在世界樹的樹枝上，吃著葉子。

這隻蠶並非外來客，而是「二號村」飼養的蠶之一。

以前，我餵過牠們世界樹的葉子，似乎是忘不了那味道的個體從「二號村」的蠶舍溜走，來到「大樹村」的世界樹這裡。

穿過森林來到這裡？真厲害。不是？牠是貼在村子間往來的半人馬族身上，順路來到「大樹村」？

原來如此，真聰明。

「非常抱歉，發現得太晚。沒想到，居然已經成長到這種地步了。」

無妨。對世界樹……看來沒有影響呢。

蠶每吃一片葉子，世界樹就長一片葉子。大概是因為這樣才發現得晚吧。

嗯，我沒生氣。畢竟是我拿世界樹的葉子餵蠶嘛。我這邊沒問題，有問題的在那邊。

露和蒂雅。

以前我拿世界樹的葉子餵蠶時，兩人露出很誇張的表情。

拜託不要對蠶發脾氣。說處分有點過火了。妳們看，這麼大的蠶，說不定會吐出好絲喔。搞不好會是特別的絲。我好不容易才安撫兩人。

不過，麻煩的是對面那三人。

真的是剛剛才回來的格蘭瑪莉亞、琪亞比特，還有一位陌生的小個子天使族。

三人看見毫不客氣地吃著世界樹之葉的巨蠶，神情詭異。大概是內心五味雜陳還沒整理好吧。

那位陌生的小個子天使族，該不會是格蘭瑪莉亞的媽媽？不，她長得不像格蘭瑪莉亞。是誰的妹妹嗎？那張臉好像在哪裡見過……但是我想不出答案。

而我還來不及回想，那位陌生的小個子天使族已經流下一行清淚，隨即口吐白沫昏了過去。

幸好會用治療魔法的露和蒂雅就在旁邊。

2 似蠶生物的生態與絲球

我所知道的蠶，會在幼蟲時反覆蛻皮成長，到達某個階段之後結繭化蛹，最後羽化。

繭是由一根絲結成，羽化時會在繭上開洞。所以為了確保蠶絲，要把繭連同裡面的蛹放進鍋子裡用水煮，避免羽化。

當然，煮過的蠶會死亡，所以要留下一部分繁殖新世代。

但是，這個世界的蠶有點不一樣。

首先，除了化蛹之外，牠們在幼蟲狀態蛻皮時也會結繭。

牠們會結個比自身大一點的繭，在裡面蛻皮。

蛻皮後雖然要從繭裡出來，卻不會在繭上鑽洞。在結繭時，牠們會事先做好出入的洞口並用葉子蓋住，然後吃掉那片葉子再出來。

所以，養蠶業是回收蛻皮之後的繭，藉此確保蠶絲。

為什麼是這種生態，我也不曉得。

這是個有魔物和魔獸的世界，或許牠們是希望蛻皮時能夠安全一點。

不過也多虧了這種生態，這個世界的養蠶業者不用煮繭。我問他們煮繭的鍋子該怎麼辦時，甚至讓他們嚇了一跳。

無論如何，幼蟲只要蛻皮就會結繭。儘管會讓人覺得生產力很高，然而世上沒那種好事。

首先，幼蟲期要餵些蠶中意的飼料，牠們才肯結繭。而且牠們食量很大。畢竟要結好幾次繭嘛。

這裡的蠶會吃桑葉以外的東西，而且每隻蠶各自有偏好，找出牠們愛吃的東西是養蠶業者的主要工作之一。

再加上，蠶絲的質地會隨著飼料變化，所以需要篩選分類。

絲質統一的價值似乎比較高，或者該說，若不統一很難賣出去。養蠶業者會按照餵食的飼料不同劃分蠶舍，確保蠶絲。

儘管我是這麼聽說的……然而世界樹上那隻巨蠶好像不太一樣。

首先，牠會在攻擊時吐絲。

不死鳥幼雛艾基斯想找巨蠶麻煩，結果被包進蠶絲裡而驚慌失措。

那些蠶絲是金色的，非常漂亮。雖然艾基斯用喙把絲弄斷了。啊，我並不覺得可惜喔，艾基斯比較重要。

但是，不可以隨便攻擊人家。巨蠶沒給艾基斯你添麻煩吧？

和巨蠶一樣在世界樹上築巢的鷲……只是用「真拿艾基斯沒辦法啊～」的溫柔目光守候。看起來對巨蠶不怎麼介意。

真的不介意嗎？

咦？這隻巨蠶和世界樹是共生關係？

世界樹提供葉子給巨蠶，巨蠶在吃葉子的同時也會幫世界樹驅趕害蟲。就某方面來說，等於是世界樹在飼養巨蠶。原來如此，所以你才不介意啊。

我表示理解之後，巨蠶便開始吐絲，在自己頭部前方製造一顆蠶絲球。這顆球比棒球還要大，差不多有小顆西瓜那種程度。

就在我疑惑巨蠶想做什麼時，牠把球拋給我。

我接過蠶絲，看向巨蠶……

「哼，這是房租，收下吧。」

牠露出這樣的眼神。

原來如此。

巨蠶本人並不認為自己是被飼養的。

知道了，那我就收下啦。我允許你待在那裡。

嗯？

……巨蠶後面，還有好幾隻十公分大小的蠶。應該不是你的小孩吧？是喜歡世界樹之葉的同好嗎？

「等牠們長大之後，就會上繳蠶絲。」

不不不，不要勉強喔。

更重要的是，世界樹就拜託你們囉。注意別和鷲起爭執啊。

巨蠶和牠的同伴，讓牠們負責保衛世界樹吧。

我這麼告訴聚集在此的半人牛族與半人馬族，並要大家解散。

「村長手裡的蠶絲球，是金色對吧？」

「用來織太陽神羽衣的絲……不就是那種絲嗎？」

「別說蠢話。沒人見過那種絲吧？你能肯定就是它嗎？」

「可是，那種神聖氣息，只能這樣解釋。」

半人牛族好像對我手裡的蠶絲球很感興趣，所以我交給他們處理。如果能把這顆球當成絲來利用就再好不過。要織成布也無妨喔。

還有座布團的孩子們，不用做絲球啦。你們忘了自己至今幫過我多少忙了嗎？

哈哈哈，好，座布團的孩子們集合。

今天就陪你們玩……小黑的子孫們也集合啦？

知道了，一起玩吧。

於是，我陪座布團的孩子們與小黑的子孫們玩了一天。

晚上。

孩子們回來了。

「五號村」的活動設施似乎很好玩，他們興奮地大聲嚷嚷。

飯是在那邊吃的嗎？午餐是「麵屋布里多爾」，晚餐則是「酒肉妮姿」啊。

帶孩子們去「酒肉妮姿」是怎樣？沒讓他們喝酒吧？假如沒讓他們喝酒，帶他們去倒是無妨……

根據同行的哈克蓮與三名鬼人族女僕回報，沒出什麼大問題。

那就好。

這邊？這邊就是格蘭瑪莉亞和琪亞比特回來，以及巨蠶在世界樹定居吧。

另外，有位小個子天使族和格蘭瑪莉亞、琪亞比特一同前來。雖然已經清醒，不過她好像很疲倦，所以明天才會和大家打招呼。大概是夏天太熱吧。

小個子天使族的名字，叫做蘇爾蘿。她是雙胞胎天使蘇爾琉與蘇爾蔻的母親。我還想好像在哪邊見過，原來是蘇爾琉與蘇爾蔻她們兩個啊。

可是外表……恕我直言，看起來就像她們的妹妹。但她是母親。

當初見到瑪爾比特和琳夏的時候就讓我有這種感覺，天使族都不會老耶。莉亞的母親莉格涅也是。仔細一想，始祖先生也是。

即使不該用外表判斷一個人，然而外表年輕總是比較容易讓人心軟。特別是蘇爾蘿個子矮，看起來甚至像小女孩。我得多加小心。

當天晚上。

座布團拿了個絲球到我房間。大顆西瓜的尺寸。

而且，那是一顆漆黑的球，看著看著就覺得會被吸進去……

座布團將這顆絲球擺到我房間一角當成裝飾。一副不容拒絕的態度。

知道了，我就收下吧，謝謝。

位置不太顯眼，放那裡好嗎？可以將它盛大地掛起來喔？這裡就好？哈哈哈，了解。

座布團回去後，來到我房間的露和蒂雅驚訝地看著座布團拿來的絲球。

兩人以嚴肅的語氣說那是什麼魔力構成的絲、純粹魔力的具現化等等。抱歉，就算妳們想要我也不會給喔。

而我目前在做的，是這顆絲球的回禮。

畢竟除了絲球之外，座布團還給了我衣服與很多其他東西嘛。我有很多東西想送牠，現在則是用木頭雕鈕釦。平常我都做些簡單的鈕釦，不過這回可是精雕細琢喔。

我要把每一顆鈕釦都雕成座布團的樣子。馬上就好了，等我一下。

啊，看座布團的絲球看得入迷啦？沒關係啦，畢竟那顆絲球很漂亮嘛。

3 蘇爾蘿的問候

中午。

宅邸的餐廳，雙胞胎天使蘇爾琉與蘇爾蔻的母親蘇爾蘿，在我面前單膝跪下。

「蒙您垂恩得以拜謁尊容，實令我誠惶誠恐。我是洛西耶爾派首席，蘇爾蘿。」

…………

我不過是聽到蘇爾蘿表示想打聲招呼之後點頭同意而已，為什麼會變成這樣？類似「初次見面您好～哪兒的話我才要請您多多關照～」的友善問候不行嗎？周圍的鬼人族女僕，妳們不要因為覺得有趣就營造嚴肅氣氛。我還在吃飯耶。蘇爾蘿也別跪了，妳這樣我反而會惶恐，饒了我吧。

對蘇爾蘿強調了三次之後，她總算起身。

我看著她的臉。

因為我對於蘇爾蘿的印象，還停留在口吐白沫那時候。現在看起來很有精神，太好了。

嗯？不知道為什麼，她的精神好像莫名地抖擻？

「我蘇爾蘿在此發誓，將一切都獻給火樂大人。」

咦？

「請下令。要先消滅魔族嗎？還是人類？如果兩邊都滅掉，就無法讓火樂大人的威名流傳後世……但是若火樂大人期望如此，我不會有半點猶豫。」

慢著，先等一下，呃……誰來幫幫忙？

大概是注意到我的求援信號了吧，蒂雅、琪亞比特與格蘭瑪莉亞抱著蘇爾蘿退出餐廳。

…………

我暫停用餐，詢問蘇爾琉與蘇爾蔻關於她們母親的事。

「要簡單說明母親大人啊……她是天使族還自稱神人族時的武鬥派，蒂雅大人之前的族中最強。」

是這樣嗎？

「據說，她以前對於天使族格外執著，遇上敵人則是毫不留情……但好像在生下我們之後變得圓滑不少。」

這、這樣啊。

可是，明明變得圓滑不少，剛剛卻說要消滅魔族和人類耶？

「母親大人所屬的洛西耶爾派，簡單來說就是……世間唯有天使族是得到神認可的種族！如果世上只有神和天使族，不就和平又幸福了嗎——那一派的立場就是這樣，因此被認定為天使族裡最激進的派閥。」

確實很激進。

那、那麼她身為洛西耶爾派的首席，卻把我捧得這麼高，又是為什麼？

「與其說捧，不如說崇拜吧。恐怕，母親大人是認定村長等同於神了。」

等同於神？是要怎麼看才會這樣想啊？搞不懂。

但是不管怎麼說，我都不是神。假如有什麼原因讓她誤解，就該排除。

「不就是因為讓世界樹長大嗎？」

……………

「世界樹據說是神交給天使族的。過去它一直無法茁壯成長，卻在交給村長的瞬間就成為大樹，這麼一來不管是誰都會覺得村長是神囉。」

不不不，這不是我的力量，而是「萬能農具」的力量。啊，不過「萬能農具」是神明大人給的，產生這種誤會也是難免嗎？嗯……

總而言之，只能誠心誠意地解釋了吧。要告訴她，我是個普通人。

繼續。

「方才恕我冒犯，看樣子似乎是我誤會了。」

喔喔。

用不著我解釋，誤會就澄清了。這是多虧了蒂雅、琪亞比特和格蘭瑪莉亞的努力嗎？謝謝妳們。

「火樂大人期望平穩，這點我已經了解。我在此發誓，將會殲滅所有與此村敵對的勢力。不，我居然還傲慢地認為能接獲命令，實在可恥。就算沒有命令，也該自動自發去做。」

好，暫停。

蒂雅、琪亞比特、格蘭瑪莉亞，拜託了。蘇爾琉、蘇爾蔻，集合。

「呃，這是怎樣？妳們的媽媽喜歡找個目標殲滅嗎？」

我直接問了。

「若問喜不喜歡，應該是喜歡。畢竟在蒂雅大人活躍之前，號稱殲滅天使的是她。」

這麼說來，蒂雅好像有說過這稱號。印象中格蘭瑪莉亞、庫德兒與可羅涅是撲殺天使？仔細一想，還真是個聳動的稱號。

看著在這個村裡生活的蒂雅、格蘭瑪莉亞、庫德兒與可羅涅，我實在不會想到要給她們這種稱號。

無論如何。

首先要確認一下，她有多強？蒂雅她們壓制得住嗎？

「雖然沒有直接對決過，不過最強的還是蒂雅大人。再加上琪亞比特大人、格蘭瑪莉亞、庫德兒與可羅涅幫忙，大概不會輸。」

這樣啊。

那就把庫德兒與可羅涅叫來吧。

「不，那個……其實不用麻煩蒂雅大人她們，只要小黑先生的子孫們來個十隻就應付得了喔。」

……………

仔細一想，蒂雅第一次來這裡時，也是被小黑牠們擺平的嘛。

那麼，就叫小黑的子孫們過來吧。

啊，已經在待命啦？好，就算蘇爾蘿失控也沒問題。剛才是因為我一時膽怯才暫停，這回要加油。

但我還是要寄望於蒂雅、琪亞比特與格蘭瑪莉亞的說服。

繼續。

「還請您寬恕我的再三冒犯。」

好，很正常。但是，不能掉以輕心。

「請容我再來一次。我是蘇爾琉、蘇爾蔻的母親，蘇爾蘿。今後，還請多多指教。」

哪裡，我才要請妳多多指教。

還有，說話可以不用那麼拘謹喔。我不習慣這樣。

「是，非常感謝。那麼，我就稍微放輕鬆一點……」

喔喔，能夠正常交談。

談話的內容，則是關於蘇爾琉與蘇爾蔻在這個村子裡都做些什麼。

我回答，兩人很努力。實際上也是如此。儘管兩人傾向等候指示，不過交辦的工作都會確實達成，如今已是村裡不可或缺的戰力。

所以，我老實地將這些告訴她，同時也儘量避免說得太誇張。

蘇爾蘿似乎很滿意，太好了。

話說回來，昨天昏過去是……原來如此，是因為看見世界樹長大而且有蟲在吃世界樹的葉子，所以被嚇到啊。

天使族是神吃了世界樹之葉後誕生的種族？是這樣嗎？

嗯，那隻蟲……那隻巨蠶相當於是世界樹養的，不是敵人。就類似為了世界樹而存在的感覺。放過牠吧。

沒出什麼大問題，蘇爾蘿的問候結束。

蘇爾蘿回到客房，蘇爾琉和蘇爾蔻與她同行。看來是導遊兼監視。

因為瑪爾比特與琳夏出資蓋的天使族用別墅雖已完工，內部裝潢卻還沒有搞定。裡面的設備，預定會在下個冬天瑪爾比特與琳夏來訪時，去「五號村」湊齊。

暫時可以鬆口氣，而我的肚子在叫了。

這麼說來，飯才吃到一半。即使已經完全冷掉，但是不能浪費，還是要好好吃光。

我一邊吃，一邊向蒂雅、琪亞比特與格蘭瑪莉亞確認她們是怎麼解開誤會的。要是之後我做了什麼事又引起誤會可不行。

「我告訴她，村長是假裝成人類，不希望別人揭穿。」

聽到蒂雅這句話，我停下動作。琪亞比特接著說道：

「現在是像蒂雅、格蘭瑪莉亞那樣懷上村長孩子的好機會。與其開戰導致世間大亂，倒不如讓蘇爾琉、蘇爾蔻加把勁──這是我的提議。」

原、原來如此。在剛剛的對談裡，的確不時暗示著夜生活。

最後，格蘭瑪莉亞。

「神的軍隊不容敗北。為了以防萬一，平日應當鍛鍊不懈，等待號令下達的那一天到來──我對她的建議是這樣。」

…………

換句話說，蘇爾蘿將我當成神，但是三人都沒有糾正她的誤解，而是利用這種誤解讓她聽話？原來如此原來如此。

「不不不，我是要妳們告訴她我不是神耶。」

「這種和移山沒兩樣的事，我們做不到。」

三人異口同聲。

「要糾正蘇爾蘿的誤解，像移山那麼難？」

「不，難在要堅持村長不是神。」

格蘭瑪莉亞指著窗外。

「光是能夠在死亡森林建立村莊，就已經是神之所為、神蹟了。這種事要蒙混過去，無論如何都做不到。」

…………

原、原來如此。我懂了。

啊～確認一下，妳們應該是將我當成人類吧？沒問題吧？

當然？那就好，我放心了。我可是人類喔，怎麼可能是神嘛。

…………嗯？

為什麼要別開視線？該不會，妳們真的以為我是假裝成人類的樣子吧？開玩笑的吧？

她們三個是在開玩笑，太好了，哈哈哈。

我決定要宣傳一下自己是人類這件事。

我相信比傑爾、麥可先生與德萊姆他們不會有問題的。

4 有蘇爾蘿在的夏日

我努力耕田，專心一致。

呵呵，還是耕田最能讓人平靜。

唉呀，小黑，我拿著鋤頭的時候不可以靠近喔。座布團的孩子們也一樣。

哈哈哈，我知道我知道，休息是吧。確實，太陽的位置移動不少。看來我已經耕了很長一段時間。

休息。

阿爾弗雷德他們在稍遠處遊玩，所以我決定看看他們的狀況。

在「五號村」活動設施，他們玩的是由設施出題、參加者解謎的逃脫遊戲。

設施內會安排好幾個逃脫提示與謎題，讓參與者組隊參加。

逃脫路線不止一種，不過這點反而成了迷惑參加者的機關。

謎題是為孩子們設計的，難度卻不低，因此企劃方預估逃脫應該要花上一小時。不過，阿爾弗雷德他們一下子就成功逃脫了。

所以，他們就這麼接著參加謎題為大人設計的大人場。

大人場採用了冒險者會在迷宮遭遇的謎題，在動腦之外也需要力氣，好像還有很多不講理的題目。

阿爾弗雷德他們分成五隊參加，成功逃脫的只有一隊。而且，還是大人場唯一成功逃脫的隊伍。厲害喔。

現在……大概是要鍛鍊那些沒有成功逃脫的人吧？他們正在把玩掛鎖。

？

孩子們沒見過掛鎖？確實，這個村子幾乎不用掛鎖。主要用的鎖，是直接裝在門上的那種。然而，倒也不是完全找不到。

掛鎖裝在酒的保管地點、宅邸的地下倉庫、芙蘿拉的研究室……都是孩子們不會靠近的場所啊。不過，「好林村」有製造掛鎖，我們也會向戈隆商會購買，看見掛鎖的機會應該要多少有多……

孩子們把玩的掛鎖，和我所知的不太一樣。

可以讓我看看嗎？謝謝。

喔喔，這種掛鎖，單純把鑰匙插進去轉動還不會開啊？鑰匙孔有五個，要按照既定的順序把鑰匙插進去才行。這裡沒有鑰匙孔耶？藏起來了？完全不知道在哪。喔，這裡可以動啊。呵呵呵，怪了？挪開還是沒有鑰匙孔？這麼說來，也沒看見鑰匙。

……開關啊。那麼，就這樣……再這樣。

打不開。

烏爾莎說讓她來，於是我把掛鎖交給她。

她迅速把掛鎖翻轉三次，鎖就開了。這是怎麼做到的？

真想拆開研究。可是，不能搶孩子們的東西啊。這麼一來，就得調查這個掛鎖是怎麼拿到的……在「五號村」請鬼人族女僕幫你們買的是吧？原來如此原來如此。

我向旁邊一瞥，山精靈們就在那裡等候。

她們用眼神對我說「我們也很在意」。我懂。

「錢我出，去『五號村』買回來吧。」

至於要找哪家店，去問鬼人族女僕。對了，不要一拿到就拆開喔。

我繼續耕田。

專心……稍遠處的森林中，始祖先生和蘇爾蘿在互毆。

「該死的吸血鬼！」

「唉喲～神人族～」

……專心，別在意別在意。露和蒂雅在旁邊，應該不會出事。

太陽即將下山，於是我停止作業。

方才互毆的始祖先生和蘇爾蘿，已經和好了。

「火樂大人是神。」

「村長是神的使者，這點不能退讓。」

……

沒看見露和蒂雅，大概很安全吧。

他們談話的內容我決定當沒聽到。

晚餐時。

葛沃從太陽城——「四號村」來訪。

我起先以為出了什麼事，結果葛沃是來找蘇爾蘿的。

「蘇爾蘿大人，好久不見。」

「嗯，六百年不見了呢。」

蘇爾蘿知道太陽城。

她似乎還在那裡住過一段時間。

「所以呢，今天有什麼事？特地來見我的？」

「是的。目前，太陽城已改名為『四號村』，由這位火樂村長統治。我想把這件事告訴您。」

「放心吧。這件事我聽瑪爾比特和琳夏說過了。事到如今我也不會想要什麼太陽城，何況既然是在火樂大人……抱歉，在村長的統治之下，那就更不成問題了。我服從村長。」

「聽到您這番話，我就放心了。」

「嗯。話說回來，燃料方面沒問題嗎？記得我還在的時候，你們說過燃料情況嚴峻？雖然我並不想要太陽城，但既然是在村長的統治之下，我不允許那座城掉下來。」

「請放心。村長已經供應我們足以飛上萬年的燃料。」

「不愧是村長。」

「是的，不愧是村長。」

啊～你們啊。因為是和我一起吃飯，能不能稍微克制一下啊？

晚上。

洗澡前，我和山精靈們一起把玩掛鎖。

從中學了不少。

總而言之，我先用木頭複製一個。

這個是中午烏爾莎翻轉之後解開的鎖。啊，裡面有會移動的鐵球啊。原來如此原來如此。

不過，這個要是裝在門上，不就沒辦法翻轉了嗎？看來不止正反，連左右也得挪動。買鎖的店家有提醒，不要把這個裝在門上？

…………

這就是「人不能沉溺於技術之中」的範例啊。有趣。

這個鎖的機關，如果不是用在掛鎖上而是用在寶箱上，又會怎麼樣？

沒有鑰匙孔的寶箱。

完成之後，拿去用在「五號村」的活動設施吧。

我忙著作業時。

蘇爾蘿在客房的會客區。她把貓放到腿上，和酒史萊姆共飲。

「原來如此，我明白瑪爾比特和琳夏長期不在鄉里的原因了。」

「這麼說來，母親大人準備何時返鄉？」

對於蘇爾琉的問題，蘇爾蘿稍微想了一下。

「在村長下達命令之前，我打算留在他身邊侍奉他。」

蘇爾琉立刻過來將這句話告訴我。妳們這麼快就要把蘇爾蘿趕回去啊？算了，也是可以啦。

隨便下命令感覺會出大事，讓我好好想一想吧。

5 喝酒的環境

矮人們勤於釀酒。

然而，實際上不止如此。

他們隨時都在研究怎麼樣讓酒更好喝。努力釀出好酒當然不用說，他們對於下酒菜的研究同樣不遺餘力。

如此愛酒的他們，見識到了新的境界。

「酒的味道，會隨著喝酒的環境改變。這點我雖然明白，卻沒想過要為了喝酒而整頓場地……」

矮人多諾邦一臉驚訝地看著我。不不不，不用那麼驚訝，這和宴會一樣啊。儘管有個人差異，不過骯髒的房間和乾淨的房間相比，還是會覺得在乾淨的房間喝起來比較美味。那麼乾淨的房間和戶外相比呢？溫度和濕度往往會隨著喝酒的環境而有所不同，某些環境會讓人覺得酒比較好喝也是理所當然。宴會就是在營造「大家一起喝」的環境。

所以，如果喜歡一群人熱熱鬧鬧地暢飲，就會覺得宴會上的酒特別好喝。反過來說，想要獨自安靜小酌的人，大概不怎麼喜歡宴會吧。

這次，我準備的環境是萬能船。酒席安排在甲板上。

這麼做的概念，是讓人在炎夏的夜晚搭乘萬能船飛上天空，一邊感受清風一邊喝酒。類似遊船或露天酒吧那樣。

嗯，縱使萬能船設有防護魔法因此感受不到什麼風，但是可以體驗氣氛。

我和萬能船的船員商量過後決定地點，在那裡擺了長桌與椅子。

由於是夜間飛行，我起先還煩惱甲板的照明該怎麼辦，不過露用魔法搞定了。謝謝。

酒交給矮人們，餐點交給鬼人族女僕。預定在晚餐之後出發，應該不用準備太多吃的……這是以防萬一。

我原本考慮只找愛酒的大人參加，卻輸給孩子們的目光，便規劃了小孩區，也準備了房間給想睡覺的孩子們。小黑的子孫們與座布團孩子們的目光同樣令人難以招架，所以也為牠們安排了空間。

原本預期只會用到甲板，結果整艘船都用上了。

一開始我只打算找自家人，但是魔王、比傑爾、德斯、基拉爾、德萊姆、始祖先生與蘇爾蘿不曉得從哪裡聽到的，已經在等了。算啦，反正他們和自家人沒兩樣，沒關係吧。

據說陽子、聖女瑟蕾絲與優莉也要參加。她們預定會在結束「五號村」的工作之後趕回來。

大多數村民表示想參加，可是船隻的大小沒辦法容納所有人。最後決定讓宴會持續數日，以多次飛行彌補這點。

嗯～我只是想來一次類似遊船那樣的活動啊……

晚上。

我要求所有人都先吃過晚餐。因為能帶上船的餐點有限。

於是，第一天的飛行開始。預定是約兩小時的遊覽飛行。

乾杯之前，我先提醒一件事。

絕對不能掉下去。

除了掉下去之外，若有人做出危險舉動，今後一樣不會再舉辦這種活動，請大家務必注意。那麼，乾杯。

早晨。

昨天喝了不少。喝太多了。大概是受到氣氛的影響，記憶模糊。

我應該沒做出危險的舉動吧？如果在特別警告大家之後自己卻做些危險的事，可就笑死人了。

我回想了一下……

嗯，是酒宴。大家痛快暢飲。

孩子們喝果汁。有哈克蓮以及鬼人族女僕安、拉姆莉亞斯監視，所以能放心。妖精女王和孩子們玩遊戲玩得很開心。

大人們……一邊享受夜空一邊喝酒。

數名哈比族在萬能船周圍飛行，一方面戒備外敵，一方面也是盡力預防有人摔下去。謝謝你們。

酒席中央則有幾個人表演。

對了對了，蘇爾琉與蘇爾蔻她們在肚子上綁著毛巾登場。

「我們懷孕了。」

兩人齊聲說道，而她們的母親蘇爾蘿當場把酒噴出來。那樣算是被逗笑嗎？還是被女兒們的詭異行徑嚇了一跳呢？

在萬能船的船頭，小黑與小雪並肩望著夜空。氣氛很好。

座布團的孩子們，則是吊在萬能船的船帆底下。小心別被風吹走……有魔法保護所以沒問題是吧？

這麼說來，座布團的孩子們還合作在帆上畫圖呢。真是不簡單。

嗯嗯，看來我的行動沒什麼問題。

……怪了？不太對勁。

為什麼，我現在會待在太陽城——「四號村」呢？萬能船也停靠在這裡。搭乘萬能船的人與「四號村」居民，則是在周圍倒成一片。貝爾、葛沃和庫茲汀也都醉倒了。

…………

該不會是我喝醉之後要船突擊「四號村」？我向沒醉倒還在喝的陽子確認。

「途中料理吃完了，所以來『四號村』補給。」

原來如此。

「抵達『四號村』之後，我記得村長是說：『在這邊開宴會和在船上一樣嘛。』」

……聽她這麼一說，我好像真的有講過這種話。

不行啊，喝酒必須有所節制。就算要喝也不能喝過頭，這樣最好。

我叫醒貝爾、葛沃和庫茲汀，並向他們道歉。

因為在「四號村」很少舉行這麼盛大的宴會，所以很開心？那就好。

消耗的酒和食材，之後會補充。

鬼人族女僕，不好意思。一直麻煩妳們下廚。

還有多諾邦。

一邊看日出一邊喝酒感覺如何？這樣啊，很棒是吧？我原本是打算享受夜飲的樂趣，不過這樣也別有一番風味。

總而言之，趕快回去吧。村裡的人應該會擔心。

接下來數天。

每天都有萬能船的夜間飛行宴席。

以還沒參加的人優先。我也同席，但酒的部分就自我克制了。

還有，矮人們也開始講究喝酒的環境了。不能挑些會影響別人的地點喔，危險的地點也是。

樹上雖然很有創意，但是太危險了，一旦喝醉容易摔下來。至於漂在蓄水池上的船，我覺得一定會翻。可是我不討厭這個點子。想些適合喝酒的店舖裝潢怎麼樣？

我致力於修正矮人們的思考方向。

6 草帽與菈茲瑪莉亞

蜥蜴人們告訴我，基於種種原因總是有魚鑽進蓄水池。我也確認過，即使沒有特別巨大的魚，十公分級的卻不少。

於是，我帶著釣魚道具，乘小船漂浮在蓄水池上。天氣還很熱，我沒忘了戴草帽。

這頂草帽是「一號村」居民做的，手藝變得相當不錯。

我也幫一起上船的小黑戴上草帽。小黑那頂草帽是我做的。和一號村的相比有點醜，原諒我吧。

過了差不多兩小時吧？釣竿毫無反應。文風不動。

……

住在蓄水池裡的池龜，以動作詢問要不要幫忙趕魚。感謝你們的體貼，但是不需要。讓我再次確認池裡有魚就夠了。

一起搭船的小黑睡得很香。嗯，這樣才好。要是牠醒著等，我反而會有壓力。

傍晚。

別問我戰果。

這是轉換心情。對，能轉換心情就夠了。我一點也不後悔。不用「萬能農具」的我，就這點程度。

總而言之，我打算做根新釣竿。釣鉤或許也稍微加工一下比較好。雖然完全沒有反應就是了。

釣餌應該沒問題吧。

根據池龜們的說法，魚好像會吃那些沒裝在釣鉤上的餌。嗯～

釣線嗎？不不不，線是座布團製的，照理說不該有問題。何況在我使用之前，座布團才拿線裝上釣鉤和釣餌輕鬆釣了一隻。

總而言之，剛剛都在睡覺的小黑很有精神。唉呀，該把草帽收回……角刺進草帽裡了呢……我知道了，這頂草帽就當成小黑專用吧。我會把它放在宅邸玄關，陽光太強的日子記得戴上。

話是這麼說，但是小黑自己沒辦法戴啊。

嗯？負責把守宅邸大門的紅裝甲和白裝甲舉起腳表示交給牠們就好。嗯，交給你們了。

改天再幫你們做比較小的草帽……我感覺到目光，來自小黑子孫們與座布團孩子們。

全員的份……大概沒辦法吧。有材料，但是沒時間。而且夏天馬上就要過了。

不得已。

小黑子孫們戴的和座布團孩子們戴的我各做幾頂，大家輪流戴吧。不可以吵架喔，哈哈哈。

晚上。

露和蒂雅要我幫孩子們做草帽。

不不不，有一號村產的草帽吧？我做的才好？

……

感覺不壞，加油吧。

「五號村」決定舉辦慶典。不是建國祭而是建村祭。

根據陽子的說明，會是一場讚頌我這個村長的慶典。由於是「五號村」居民們主動提議的，所以她沒制止而是給了許可。

舉辦慶典是可以……但是能不能別把我的雕像放到神轎上輪流扛著在「五號村」遊行啊？辦不到？

…………

拜託別放我的雕像，改放創造神或農業神的。由我來雕。我會努力雕出來的。始祖先生，不要偷偷靠過來，去那邊。

結果。

我的雕像由「五號村」的居民製作。至於我，則是負責製作創造神和農業神的雕像，藉此避免自己的雕像太顯眼。

雖然比只有我的雕像來得好……但是這麼一來，不就等於把我和神明大人擺在一起嗎？這樣會不會冒犯神明大人啊？

聖女瑟蕾絲表示沒問題，不過我還是要求大家把神明大人擺得高一點，在神轎上作出差異。

還有，除了我的雕像之外，他們還製作了陽子的雕像。

人形態的陽子端坐不動，背後還有個彷彿要包住她的九尾狐（Nine Tail Fox）版陽子。看見這尊雕像，陽子大笑，似乎是美化過度了。陽子的女兒一重倒是很興奮。

不過嘛，這尊陽子雕像實在太大，放不上神轎。這是個致命的失誤。不該把人形態的陽子做得和本人一樣大，因為九尾狐版的陽子也得做得差不多大嘛。

可是做都做了，也不好意思白費人家的心意，因此最後決定在慶典期間把這尊雕像擺在「五號村」的陽子宅邸前。慶典結束之後，將會擺到「五號村」的傳送門附近。

我只需要在慶典最後出場。

穿上座布團搭配好的服裝，向大家打聲招呼。

文章是文官少女組幫我想的，不至於太難。雖然要問候這麼多居民讓我有點緊張，幸好終究是順利結束了。

原則上慶典在我打完招呼後就結束，而晚上會直接進行後夜祭。熱鬧就好。

就在村裡開始夏收時，來了訪客。

天使族的菈茲瑪莉亞。

我的第一印象，就是頭髮華麗、胸部也華麗，而且舉止穩重，笑容及語氣都很溫和。與其說是天使族，不如說比較像女神。她是格蘭瑪莉亞的母親。

此外，她才剛和我打完招呼就開始和蘇爾蘿互毆。那副模樣……實在不像女神。

格蘭瑪莉亞春天時送瑪爾比特與琳夏回去，順便向母親報告蘿潔瑪莉亞誕生的消息。她說回去時有見到自己的母親。我原本以為她的母親會一起過來，結果來的是蘇爾蘿。

蘇爾蘿帶來的衝擊太過強烈，所以我沒有追問詳情……

「似乎是媽媽把要事推給菈茲瑪莉亞大人了。」

蘇爾琉與蘇爾蔻向我解釋。

所謂的要事，其實是出席某個國家的祭祀。原本蘇爾蘿也該參加，結果她在祭祀途中溜掉，帶著在天使族之里幫忙的格蘭瑪莉亞和琪亞比特前往「大樹村」。

被丟下的菈茲瑪莉亞，除了必須奉陪那場祭祀到最後之外，甚至連想找個人帶她來「大樹村」都找不到。所以，和蘇爾蘿互毆完畢後，菈茲瑪莉亞便把矛頭指向格蘭瑪莉亞和琪亞比特。

「妳們難道沒有想過，兩個人都不在會讓我很困擾嗎？」

雖然沒有發展成鬥毆，她看著格蘭瑪莉亞與琪亞比特的笑容卻很恐怖。

總而言之……蘇爾蘿沒事吧？妳不是蒂雅之前的天使族最強嗎？敗給想看孫女的力量？或許是這樣吧……總之記得道歉。

格蘭瑪莉亞，讓菈茲瑪莉亞抱一抱蘿潔瑪莉亞。

然後，帶菈茲瑪莉亞過來的是瑪爾比特。來得真快呢。看妳笑得燦爛，不怕之後挨琳夏的罵嗎？之後的事不用管？這倒是無妨，到時候可別求救喔。

總而言之，過來幫忙收成工作。不准抱怨。就連德萊姆也會幫忙採收蘿蔔喔。蘇爾蘿？她也在幫忙喔。妳看，那邊的紅蘿蔔就是蘇爾蘿採收的。沒騙妳啦。蘇爾蘿，既然恢復了就過來講她兩句。

「村長是神。」

不，不是這個啦。

瑪爾比特，我不管妳搞懂了什麼，不要點頭。

7 回顧夏季

為了秋收而耕田的同時，我也對今年夏天幾乎都把時間花在「五號村」那幾間店的事稍做反省。

在「大樹村」的夏日慶典，也全都交給文官少女組了。今年辦的是音樂祭。歌唱也好、演奏也罷，只要有聲音什麼都行。儘管有安排評審決定誰是優勝，不過主旨還是放在享受音樂。

優勝者是鳴叫聲宛如歌唱的不死鳥幼雛艾基斯。沒想到牠有那麼驚人的特技。得到優勝毫無疑問。

在我旁邊同樣擔任評審的露，嘀咕著「生命的啼聲」。我明白她的心情。

聽到那鳴叫聲時，我不禁想起阿爾弗雷德誕生時的情景。

遺珠之憾則是牛群。牛一家以叫聲來了一場歡樂大合唱，其中一定有頭牛是饒舌歌手。

此外，還有座布團孩子們帶來的樂器演奏，小黑子孫們的嚎叫合唱也不壞。高等精靈們的演奏雖然悅耳，但是她們常在活動時演奏，我已經聽慣了。期待她們能推出新曲。

除了慶典之外，今年夏天還發生了格魯夫騷動。

「五號村」也有設立冒險者公會，格魯夫便能定期從事冒險者工作。以前，他曾因為一段時間沒活動被註銷冒險者資格，落得要從頭來過的下場，因此他很高興現在這麼方便。

儘管沒活動就要註銷有點嚴苛，但是以冒險者公會的立場來說，他們必須為冒險者擔保，所以不能讓沒以冒險者身分活動的人保有資格。更何況，就算沒有實際活動也無妨，只要報告所在地就好，算是退讓很多了吧。

如果只是這樣，照理說還不至於釀成騷動。這次的事件，源自「夏沙多市鎮」的冒險者公會。

格魯夫是到「夏沙多市鎮」的冒險者公會重新登錄，重啟冒險者活動。「五號村」設立冒險者公會之前，他都是去「夏沙多市鎮」報告。

格魯夫以冒險者來說似乎非常優秀。所以，「夏沙多市鎮」的冒險者公會便以他們有格魯夫這點大為宣傳。

但是，「五號村」有冒險者公會後，格魯夫改到那邊報告，很少去「夏沙多市鎮」露面。

這麼一來，拿格魯夫來宣傳的「夏沙多市鎮」就尷尬了，於是他們千方百計要把格魯夫叫到「夏沙多市鎮」。

察覺動靜的「五號村」冒險者公會，則是致力於不讓格魯夫去「夏沙多市鎮」。

如此這般，雙方在檯面下暗潮洶湧，最後甚至變成「夏沙多市鎮」的冒險者公會代表和「五號村」的冒險者公會代表決鬥。一場十對十的團體戰，就在「五號村」山麓的活動設施舉行，場面聽說相當地熱烈。

結果，由半途闖進來的警衛隊五人贏得勝利。而白銀騎士（Silver Knight）和赤鐵騎士（Iron Knight）就在這五個人之中，好像相當活躍。

在勝負難辨的情況下，格魯夫開口說道：

「我是本村村長的護衛，所以沒辦法去『夏沙多市鎮』。」

「五號村」的冒險者公會，大獲全勝。

唉，其實一開始就沒什麼好爭的。

格魯夫態度不明……或者說態度明顯卻遲遲沒有公開聲明，有他的理由。

因為他的第一個孫輩誕生了。格魯夫兒子的小孩，女生。是格魯夫的孫女。

格魯夫兒媳的產後休養期間，他每天都去照顧孫女，還不小心脫口說出「比兒子出生時還要高興一千倍」，因此跟自己的太太大吵一架。

這也難免，格魯夫的太太雖然也很疼孫女，但是把孫女拿來和自己生下的兒子相比，她怎麼可能會高興呢？最後由我出面調解。我偶爾也會犯錯，所以大家互相提醒吧。

然後，冒險者公會的事，今後記得在麻煩鬧大之前擺平。呃，儘管這次格魯夫完全沒錯就是了。

對了對了，還有泳池。

今年夏天泳池也有開放，不過對天使族的蘇爾蘿來說，泳池似乎很罕見。之後才來的菈茲瑪莉亞反應也一樣。瑪爾比特知道泳池的存在，不過夏天來還是第一次。可能是因為這樣吧，她們興奮得實在不像有成年女兒的母親。

心想她們真是樂在其中的我，趁機拿三人的泳裝模樣一飽眼福。

但馬上就被成年女兒們——格蘭瑪莉亞、琪亞比特、蘇爾琉與蘇爾蔻捏住。哈哈哈，妳們也很漂亮喔。嗯？我都在看菈茲瑪莉亞的胸部？沒這回事。絕對沒有。拜託不要心存那種會破壞我名譽的懷疑。之後會很麻煩。

夏天發生的還有……妖精女王事件。

妖精女王愛吃甜食。愛吃歸愛吃，不過甜食以外的她也吃。只是很少吃而已。

問題出在為孩子們做的漢堡排。

看孩子們吃得很開心而感興趣的妖精女王，要求吃漢堡排。

但是，漢堡排只有做孩子們的份，為了回應她的要求，鬼人族女僕趕緊又做了一份。就在這時候出了差錯。

孩子們的漢堡排有加起司，但是端給妖精女王的漢堡排沒有。

假如沒人指出這點，或許她不會發現，但孩子們說了。

「漢堡排裡的起司很好吃對吧？」

妖精女王靜靜地確認眼前還剩一半的漢堡排。

鬧彆扭了。而且鬧得很嚴重。如果找個地方窩著倒還不至於麻煩，但她就是要鬧給我看。這樣鬧下去實在很礙事，我只好奉陪。

一整天，我都在做甜點。

一個人很寂寞，所以孩子們在旁作伴。

還有，我看準妖精女王心情變好的時機，要她對做漢堡排的鬼人族女僕道歉。

即使忘了放起司，畢竟是人家幫妳做的。不可以忘記感恩的心喔。

夏天發生的事，差不多就這樣吧。

原本覺得很多，卻意外地少。相對地，也就代表日子和平吧。這是好事。

好啦。

基拉爾，你站在那邊也沒用。我聽說夫人想見古拉兒囉。我已經說不會阻止，你可以直接把古拉兒帶回去吧？我知道古拉兒不肯離開火一郎身邊，但是火一郎不行，他還小。

假若你堅持，萊美蓮就會一起去。不過嘛，到時候就要由你說服萊美蓮……不，所以說你對我講也沒用啊。夠啦，放手。

想想對策。

沒辦法把夫人帶來這個村子嗎？不行？為什麼？她受了重傷，不太能動？

…………

為什麼不先講。治療呢？沒用了所以別在意？不，一般來說都會在意吧。

基拉爾說，他太太是五百年前受的傷，嚴重但沒有生命危險。古拉兒也是在這種狀態下出生的。

聽起來好像不要緊。基拉爾說，問題主要在於不能變人，還有外出困難。可是這樣感覺也很辛苦。

真的沒辦法醫治嗎？

「嗯。若沒有世界樹的葉子就治不好。」

…………

…………………………咦？

8 「神敵」古隆蒂

基拉爾的太太以龍形態來訪。

她身形巨大，差不多比德斯的龍形態還要大上兩倍。身上每一枚鱗片都很大，宛如尖銳又漆黑的岩石。所以，看起來像一座巨大的山在移動。

相反地，翅膀則小得與身軀不相稱。不，儘管如此還是比德斯的龍翼來得大。實際上，龍並不是靠翅膀飛行，所以翅膀大小好像沒什麼關係。

她的尾巴又粗又長，差不多有身體的三倍。一般來說會覺得不太平衡，然而注意力不會放在那邊，因為基拉爾的太太還有其他地方更顯眼。

所謂顯眼的地方，就是她有八顆頭。

八條脖子自軀體伸出，前端的頭或者說臉，每一個都長得很恐怖。雖然不該用外表評斷，但如果要問是正義或邪惡，她的造型必然會被認定為邪惡。還有，假若沒人說她就是基拉爾的太太，我甚至無法判斷她為女性。

基拉爾的太太自北方天空飛來，通過村子上空後在村子的南邊著地。為了遵守禮節，她沒擅自闖進村裡，而是先待在村外與村裡人對話。所以，我也在村子的南邊等待。

基拉爾的太太在南方森林的邊緣著地，伸進森林的尾巴壓斷了不少樹木。其中一顆頭向後轉看見那些樹，露出「失敗了……」的表情。

接著巨龍消失，一位女性現身。留著一頭烏黑秀髮……而且一身黑色禮服。即使隔得很遠，也看得出她很美。

不過，這位身穿黑色禮服的美女，才走幾步就摔倒了。摔得很誇張，臉著地。

……………

我別過頭當沒看見，剩下交給基拉爾。

聽說基拉爾的太太已經接近五百年沒有化為人形，或許是忘記怎麼走路了。

然後，小黑與小黑的子孫們擋在我前方。大概是在提防基拉爾的太太吧，但是牠們全都垂著尾巴，腳也不斷發抖。謝謝你們，不要勉強自己。

座布團的孩子們也一樣，不用張網布陣喔。她不是敵人，是基拉爾的太太。

不過嘛，德斯、萊美蓮、德萊姆與哈克蓮講了不少她的事蹟，會提防也是能理解啦。

她的名字叫古隆蒂，別名「神敵」。只要解析這個世界的歷史，一定會提到她。

古隆蒂年紀好像比德斯和基拉爾來得小，事蹟卻比他們兩個更多。來這個村子之前的哈克蓮儘管也受到畏懼，但是比起古隆蒂，哈克蓮已經算比較有常識的龍了。

第一個理由，就是能溝通。第二，則是因為哈克蓮不會做出讓德斯和萊美蓮深惡痛絕的行為。

但是，古隆蒂不一樣。她似乎是個只會順從慾望鬧事的存在，而且很強，強到連德斯和萊美蓮都不願和她一戰。

古隆蒂四處作亂是在距今八百年前。

雖然是四處作亂，但她不是追著敵人跑，而是有什麼擋路就輾過去，所以即使造成嚴重危害，卻因為有時間避難而幾乎無人傷亡。

她之所以被稱為「神敵」，有兩個理由。

其一，她將前來挑戰的軍隊全部殲滅。她不追殺逃跑的人，但不會放過上門挑戰的人。遭到殲滅的軍隊之中包含宗教系統的軍隊，因此將她評為「神敵」。

其二，則是破壞世界樹。她將全世界僅有一棵的世界樹打碎、燒掉，原因就只是樹長在那裡。一般來說，世界樹被視為神賜予的奇蹟，因此破壞世界樹的她被稱為「神敵」。

不假思索的暴力，會攻擊所有碰到的東西。這就是古隆蒂的評價。

阻止她的是基拉爾。當時，年輕氣盛的基拉爾認為自己怎麼可能輸給古隆蒂，於是向她挑戰。結果被痛打一頓，但是不知道為什麼，基拉爾和古隆蒂結婚了。原先讓大家認為會就這樣毀滅世界的古隆蒂，從此安分地窩在巢裡。

在那之後，只要不入侵古隆蒂的巢，她就不會鬧事。

到了距今五百年前。

就在古隆蒂的威脅被世人淡忘之際，一群勇者看準基拉爾不在便上門挑戰。死了也會復活的勇者十四人，勇者的同伴合計兩百六十人。

沒遺忘古隆蒂威脅的各方勢力，提供這些勇者魔法武器——用來屠龍的武器。

基拉爾回巢時，古隆蒂已經被毀了七顆頭，翅膀與尾巴被砍斷。然而，古隆蒂依然活著。她殲滅了上門挑戰的勇者，將勇者帶來的魔法武器破壞殆盡，贏得最終勝利。

但是，沒人為了這場勝利欣喜。外出時愛妻遇襲讓基拉爾大為震怒，開始對派遣勇者的國家復仇。

基拉爾的復仇激烈卻冷靜。

勇者會復活，所以他不找勇者。

基拉爾攻擊的對象，是支持這些勇者的經濟基礎。他將那些經濟上的支援徹底破壞，勇者趕來則立刻開溜。

基拉爾的復仇很有效，勇者因此縮小活動規模，基拉爾的威脅蓋過了古隆蒂的威脅。

順帶一提，後來為勇者派遣國和基拉爾調停的是德斯。基拉爾雖然答應，不過之後好像和德斯打了起來。

活下來的古隆蒂，乖乖待在巢裡試著復原。

一直以來，她都是倚靠龍的再生能力撐過去。

可是，翅膀和尾巴過了約百年後就重新長出來，頭卻沒有恢復。好像是勇者們使用的武器所致。

當時，基拉爾向號稱最優秀賢者的龍求助。嗯，似乎有一半算是誘拐。

他們試了各種醫治手段、動用大量魔法和道具，頭卻沒有重新長出來。最後，聽到治療需要古隆蒂焚毀的世界樹之葉，他們絕望了。

古隆蒂認為是報應便死心了。

我告訴基拉爾世界樹就在村裡時，他的表情……顯得五味雜陳。

不不不，我種下世界樹的樹苗之後，基拉爾你來過好幾次喔。不知道？因為沒見過世界樹，所以把它當成普通的樹？或許是這樣吧……

總而言之，每顆頭好像要三片世界樹的葉子。要復活的七顆頭每顆三片，總共二十一片。不過嘛，她畢竟是龍，三片有可能不夠對吧？因此我給了基拉爾差不多一百片，用法他好像知道。

於是基拉爾帶著世界樹的葉子衝回家了。

我目送基拉爾離去，為世界樹覆上用「萬能農具」耕過的土。

雖然不知道夠不夠當成葉子的回禮，不過從好幾名樹精靈羨慕的樣子看來，應該沒問題吧。

但是，樹精靈，用「萬能農具」耕過的土，我也有給妳們吧？不要羨慕別人……更正，別樹。

我很快就接到聯絡。

古隆蒂的頭順利復活，想來道謝。

在我旁邊聽到這件事的德斯、德萊姆、哈克蓮，以及萊美蓮顯得很慌張。他們對古隆蒂很熟，便告訴了我不少事。

還有，我在晚餐時提起這件事，令瑪爾比特、蘇爾蘿與菈茲瑪莉亞有點恐慌。好像在自稱神人族的時代，她們挑戰過古隆蒂，還是提供勇者魔法武器的勢力之一。

要是在村裡起衝突就麻煩了，於是我說會安排一個和解的場面，建議大家坐下來談談。但她們好像要暫時躲起來。

於是，古隆蒂抵達了……但是走路很花時間。

她還沒走到我這裡。基拉爾想抱她，卻惹她生氣了。

…………

於是座布團無奈地出面。

牠三兩下移動到古隆蒂面前，讓古隆蒂坐到自己背上後載回來。

座布團在我面前輕輕放下古隆蒂。

「初、初次見面。我是古隆蒂，請多指教。」

很有禮貌的問候。

「這裡是一些由我親手製作的小禮物，不成敬意，還請笑納。」

她遞出一個長長的箱子，相當重。

我打開箱子確認。

裡面是一把看起來神聖而莊嚴的劍，以及劍鞘。

…………

親手製作？古隆蒂會鍛冶啊？

「這是我被砍下來的尾巴所化成的劍。」

原、原來是這樣啊。

我有點不知所措。

總而言之，保持笑容。呃……

「恕我招呼得晚了。我是村長火樂。既然妳是基拉爾的太太，我沒理由拒絕妳的來訪。不用客氣，請進。」

打完招呼之後，就是請她移動到我家接受款待……

抱歉，座布團，能不能幫忙載一下古隆蒂啊？

順帶一提。

我在村子南邊等待古隆蒂時，比傑爾來了。

「聽說『神敵』已經復活，正朝這個村子移動……」

比傑爾一臉嚴肅地這麼說道，於是我告訴他，古隆蒂要來這邊打招呼。

「啊，原來是老樣子啊。哈哈哈。」

比傑爾弄清楚之後就回去了。

老樣子是什麼意思啊？

古隆蒂在天上飛引起各地恐慌，雖然我當時並不知情。

畢竟魔王國長壽的人很多嘛。

9 迎接古隆蒂後數日

迎接古隆蒂之後，過了三天。

古隆蒂一開始很緊張，不過現在已經相當放鬆了。

來訪的第一天晚上，山精靈們為還不太會走路的古隆蒂做了輪椅。分成室內用與戶外用。兩台都有點重，不過基拉爾會負責推，所以沒問題。

坐著輪椅和基拉爾一起去泡溫泉的古隆蒂，似乎很中意那裡。今天早上他們也去了溫泉。

至於吃飯，她偏好在森林裡獵到的長牙兔和巨大山豬料理，看來喜歡吃肉。

至於蔬菜……在基拉爾的勸說下，她吃了高麗菜。另外還有蘿蔔與小黃瓜，都是沾味噌吃。

她不太喝酒。

我原本以為她不喜歡喝酒，然而並非如此。古隆蒂好像喜歡喝酒，不過喝醉就沒辦法維持人形態。

因此，為了讓古隆蒂也能喝酒，我將酒席安排在變成龍也不要緊的戶外，酒史萊姆與矮人們則在旁待命。古隆蒂的酒量好像連矮人們都會嚇一跳。

天亮時，基拉爾溫柔地看著以龍形態抱著酒桶沉睡的古隆蒂。畢竟她長年為傷所困嘛，幸好有世界樹在。

關於世界樹的部分。

首先是德斯。

「基拉爾啊，抱歉。我知道你的妻子受傷，卻沒想到她需要世界樹的葉子。」

德斯知道「大樹村」有世界樹，他是為這點道歉。

「不，畢竟我也把妻子受傷的事瞞著，你不知道是理所當然，別在意。」

基拉爾大笑。

古隆蒂先前都窩在巢裡，基拉爾和古拉兒之外的人，連她的聲音都聽不到。

就連基拉爾與古拉兒，也幾乎見不到古隆蒂。因為被毀掉的幾顆頭都腐壞了。大概是多虧了龍的再生能力，腐壞僅止於頭部，但她實在不想讓丈夫和女兒見到自己這副模樣——古隆蒂笑著這麼說道，然而這話題真的很沉重，讓我不知道該怎麼回應。

接著是天使族的瑪爾比特、蘇爾蘿與菈茲瑪莉亞。

天使族將世界樹視為神聖象徵，燒掉世界樹的古隆蒂則是敵人。

過去似乎爆發多次慘烈的戰鬥。

可是，天使族不管怎麼樣都打不贏古隆蒂，所以她們改變方針，決定不和古隆蒂扯上關係。儘管她們宣稱如此，卻還是在五百年前勇者發動攻擊時提供了武器，而且是對龍特別有效的魔法武器，更是古隆蒂受傷的原因。

關於這件事，瑪爾比特以天使族族長的身分致歉。古隆蒂也對自己燒掉世界樹一事道歉。雙方都不要求賠償，這點已在事前商量好了。

我原本以為安排好互相道歉的場面就沒事了，瑪爾比特卻抓著我的衣服不放，我只好就這麼參加。

雖然長年以來的芥蒂沒那麼簡單就能消除，不過道歉是縮短彼此距離的關鍵一步。雙方成功踏出了這一步，今後值得期待。

不知為何，變成由我高高在上地說出這番話，為這次見面劃下句點。

互相道歉之後，與瑪爾比特同席的蘇爾蘿和菈茲瑪莉亞表達感謝之意。

她們說，長年來扎在天使族心頭的刺總算得以拔除。三人在天使族屬於不同派閥，但是交情好到讓人感覺不出這點。

最後她們說了一句話。

「幸好古隆蒂很冷靜。」

同樣地，古隆蒂也表達了感謝之意。

儘管燒掉世界樹是自己不好，然而有事沒事就來找碴的天使族實在很煩。得到天使族的道歉，確實讓她放下心頭一塊大石。

最後她說了一句話。

「幸好天使族很冷靜。」

…………

嗯，這個嘛，總之為彼此縮短距離感到高興吧。

雙方的中心思想和主張或許有所不同，但是記得別在「大樹村」吵架。

討論無妨，不能有暴力衝突。

關於世界樹的部分就這樣。

好啦。

「大樹村」對於古隆蒂表示歡迎。

部分文官少女組以及孩子們特別高興。

部分文官少女組高興是因為能聽古隆蒂談以前的諸多事蹟。她們問得很仔細，而且亢奮地說是歷史性的發現。

孩子們則是單純因為古隆蒂的龍形態而興奮。詞彙不足的孩子們不曉得該怎麼表達自己的興奮，一邊嚷嚷著「好厲害」、「好帥」一邊蹦蹦跳跳。

其中特別顯眼的是烏爾莎和火一郎。他們激動到已經不是蹦蹦跳跳，可以說是手舞足蹈了。

基拉爾見狀十分滿足，古隆蒂則是有點不好意思。

然而。

這時候出了問題。

火一郎對古隆蒂讚美過度，使得某兩人不太高興。火一郎的祖母萊美蓮，以及妻子候選人古拉兒。

一開始，萊美蓮還能笑著旁觀對古隆蒂感到驚訝的火一郎，但是不知不覺間她已經化為龍形，試圖吸引火一郎的注意力。

至於古拉兒，一開始雖然因為自己的母親被稱讚而高興，現在卻用很恐怖的眼神看著古隆蒂。那種眼神不是在看母親，而是在看情敵。

哈克蓮妳身為火一郎的母親，不會擔心嗎？有我在所以沒關係？聽到妳這麼說我很開心，但是火一郎……最後還是會回到母親身邊啊。原來如此。

萬一他沒回來，哈克蓮應該會鬧得很凶吧。不不不，別去想那些不吉利的事。

無論如何，情況可能會發展成「古隆蒂對萊美蓮與古拉兒」這種形式特殊的組隊戰鬥，令人有點頭痛。拜託妳們別用龍的模樣打起來，會破壞很多東西。
由於德斯和基拉爾的請求，最後我將「萬能農具」化成的長槍扔到雙方中間，讓她們冷靜下來。
冷靜下來的證據，就是她們三個現在勾肩搭背。不，不用表演給我看，大家好好相處。
還有，火一郎。
你年紀還小所以不怪你，但稱讚異性要注意時機和場合喔。不然會引發各種麻煩。等你長大一點，我再教你幾招。
嗯，很重要。真的很重要。當然，阿爾弗雷德、利留斯、利格爾、拉提和特萊因也要學。
…………
烏爾莎，很抱歉潑妳冷水，但是妳不管怎麼做都沒辦法讓頭變成八顆喔。

和古隆蒂聊過之後，解開了幾個疑問。
其中我在意的是「古隆蒂在龍形態的時候有八顆頭，那麼人格也有八個嗎？」這一點。
人格好像有八個，但主人格只有一個，剩下七個是副人格。副人格由主人格掌控，需要時會統合。人形態時也一樣。
只不過，先前那段時間只有一個人格，其他人格處於休眠狀態。似乎是因為休眠的人格復活，導致身體沒辦法靈活動作，連飛來這個村子都很辛苦。可是呢，只要過個十年就能習慣。
至於她和基拉爾是怎麼相識的這個疑問，則被基拉爾打斷了。

然後，和古隆蒂談話收穫最多的，其實是魔王。

「古隆蒂閣下的意思是，只聽得到言語形容會不滿？」

「當然。聽到『那裡的景色很漂亮、那些東西很好吃』雖然會高興，但是聽了這麼多之後自然會想親自走一趟。」

「嗯。那麼，我的妻子果然也……」

「即使沒把不滿說出口，但心裡應該是這麼想的。」

「這、這樣啊。」

魔王和他太太結婚時，似乎答應過不讓他太太和政治扯上關係。所以，直到現在還沒將他太太帶來這個村子。

…………

帶來這裡會變成政治活動嗎？嗯，魔王的妻子就是王妃，王妃造訪或許算得上是政治活動。

「我邀過她不少次，卻都沒有正面回應。」

「儘管嘴上拒絕，但偶爾還是會希望你硬把她帶出來的。」

聽到古隆蒂這番話，魔王陷入沉思。然後，他開始和比傑爾討論要怎麼將太太帶來這個村子。

我從去魔王國學園的三個獸人族那裡，聽說過魔王夫人是個怎樣的人……

「與政治無關，有空時一起去玩吧。」

我覺得這樣講就行了耶。

古隆蒂的一席話讓魔王陷入沉思，一旁的基拉爾卻大為動搖。

於是基拉爾小聲對古隆蒂說道：

「我、我是不是該帶妳出門比較好啊？」

「呵呵，你不就帶我來這裡了嗎？」

「說、說得也對。哈哈哈哈哈。」

夫妻情深是好事。

古拉兒也別想太多，過去那邊怎麼樣？不想打擾爸爸媽媽？自己的小孩怎麼算得上打擾呢。嗯，深夜可能不太方便就是了。

不，沒什麼。現在沒關係，妳就過去吧。

10 古隆蒂的鱗片

古隆蒂的鱗片，宛如漆黑的岩石。實際上，一片大約有三、四公尺見方，厚度也有……應該不到一公尺，差不多八十公分。很大，而且很硬，超硬。

不，哈克蓮，不用和人家比啦。萊美蓮也別拿自己的鱗片過來。

呃～古隆蒂那些又大又硬的鱗片，此刻有兩百枚擺在我眼前。

似乎是住宿費。

一開始是要當成醫藥費，用來抵治療古隆蒂消耗的世界樹之葉，但是我婉拒了。我生過病，知道動彈不得有多難受。聽到有人受重傷無法動彈，當然沒辦法坐視不管。

何況，如果因為這種事收錢，就不方便拿世界樹的葉子餵蠶了。所以我沒收。

我希望他們別感謝我，而要感謝過去守護世界樹樹苗的天使族。畢竟我只是摘葉子而已。

看見我回絕，古隆蒂和基拉爾很機靈地換了個方式。

武鬥會將至，古隆蒂和基拉爾打算暫時待在村裡，因此名義改為住宿費。若是住宿費就能收。

問題在於怎麼使用。

倉庫已經龍鱗滿為患，現在每年都要蓋新倉庫。這種情況，差不多得改善了。

一來我知道龍鱗有價值，二來將這些抵住宿費的古隆蒂鱗片丟掉也顯得失禮。必須加以活用才行。

…………

我給了比傑爾十枚，請他捐給獸人族小孩們所在的學園。

換成現金需要時間？因為價格高昂，所以能收購的人有限？嗯，這也是理所當然吧。要收多少手續費都行，麻煩了。

啊，一次只搬得動一枚嗎？抱歉，我來幫忙。

我也給了露十枚，捐給「夏沙多市鎮」的伊弗魯斯學園。

沒辦法換成現金？拜託麥可先生不行嗎？就算是麥可先生，恐怕頂多也就處理一枚？這樣啊，那就一枚。

我原本還想塞給陽子，她卻溜了。

「五號村」的營運經費相當充足。而且，沒有變現手段……沒有嗎？「五號村」也有商人吧……辦不到？本來我才是該收購鱗片的那一邊？這樣嗎？遺憾。

既然沒有變現的手段，那就別換成錢，當成材料運用吧。

「萬能農具」拜託你囉！

我把古隆蒂的鱗片加工，試著做成菜刀。

黑色的菜刀。

呵呵呵，看起來不壞嘛。

我拿給安試用。

「太鋒利了，很危險。這把刀要封印。」

於是菜刀被封印到倉庫深處的深處。

不止能切食材，連砧板和桌子都會一刀兩斷的菜刀是個問題啊。

我都做差不多五十把了，遺憾。全部封印。

試著做成日用品是個錯誤。乖乖做成武器吧。

劍、斧頭、鐮刀、長槍。

柄的部分就用森林裡的樹木製作……完成。

「是不是有種不祥的感覺？」

這是鬼人族女僕的感想。

我覺得黑色的武器很帥耶。如果要問看起來是否很不祥，確實是很不祥啦。

至於鋒利程度……又是如何？我找格魯夫來測試。

「這個不行，不行。封印吧。」

明明一劍就能砍倒森林裡的大樹，卻得封印起來。

和菜刀一樣，鋒利過度的武器很危險？

「不，不止這樣，才砍了一下就讓我感覺會有很多不祥的東西冒出來。還有，非常累。應該說……

抱歉，我要倒了。」

我揮的時候沒這樣啊……算了，聽從格魯夫的意見，把武器封印起來吧。

至於倒地的格魯夫，則是送回他家裡。

照這個樣子看來，防具也放棄比較好。

那麼……該怎麼辦？

切割成適當的大小，拿來當醬菜石？

「那個，我想問題在於直接把龍鱗拿來用……」

加特指出問題所在。

「一般來說，龍鱗是磨成粉之後混在鐵裡面使用。」

是這樣嗎？

「若是低階龍的鱗片，直接用也可以，但是來到這個村子的龍都是高階或者說特階。要想辦法磨成粉才能使用。」

那就由加特實際試一下……辦不到？由我來磨粉是吧。了解。

我用「萬能農具」的小刀，一點一點刮著古隆蒂的鱗片。然後我把粉收集起來，裝進小桶子交給加特。加特，不要膜拜我。這種事有蘇爾蘿一個人做就夠了。

看見加特慎重其事地對待鱗片粉末，我才體會到龍鱗有多麼貴重。

加特很快就打造了兩把短劍。

一把是普通的鐵製品。另一把，則在鐵裡面混了古隆蒂鱗片的粉末。

外觀一樣，鋒利程度卻截然不同。只不過混了粉末就差這麼多？
「據說龍鱗粉末會聚集周圍的魔力，能讓短劍更為鋒利而且維持原樣。所以，混了鱗片粉末的短劍不需要保養。」
喔？
我不覺得龍鱗粉末有意志，但實際上究竟如何？加特說維持原樣，是從哪個階段開始維持原樣？對劍進行加工的期間，它會認知到目前在加工嗎？真是不可思議。
還有，所謂的不需要保養，恐怕是因為正常使用也不會磨損。
嗯，了解。
總而言之，決定好古隆蒂的鱗片要怎麼用了。
全部磨成粉吧。
…………咦？不行？剛剛一小桶就夠了？別客氣啦。哈哈哈。
我只給了加特兩小桶的份量。
拿來磨粉的鱗片，是之前做武器和菜刀剩下的部分，所以總數沒有減少。
應該說，我只用了一枚。
嗯～不得已。那就拿來壓醬菜吧。

先加工成比較好拿的形狀……一枚鱗片就能做好幾塊醬菜石。

我明白，這樣下去真的不行。

沒有更適合的用途嗎？

我站在古隆蒂的鱗片前思索。

畢竟這麼大一片啊。

…………

我試著用「萬能農具」打磨鱗片的其中一面，把它做成鏡子。

平整、沒有起伏。喔喔，好清楚。清晰到讓人擔心是不是太過頭了。不錯耶。呵呵，大型穿衣鏡。

奇怪，鏡子裡映出了德萊姆的管家古吉。但是我背後沒人啊？這怎麼回事？

就在我感到疑惑時，古吉的身影愈來愈大，最後他從剛做好的鏡子裡鑽出來。

古吉看看我，再看看背後的鏡子，又看看我，然後露出微笑。

「呃……不好意思。規矩姑且還是在，所以我得照著來喔。咳。喚醒我的就是你嗎，說出你的願望吧。」

咦？這是怎樣？許願？

啊，喔，就像神燈那樣對吧。原來如此原來如此。呃～那就世界和平。

我原本以為是安全牌，古吉卻小聲地要我饒了他。原來不行嗎？

那麼……今後也請多關照德萊姆他們。這樣如何？

「哼哈哈哈。了解。那麼，再會啦。」

古吉沒入鏡中……消失了。

接著，他立刻從我後方衝過來以全力對準鏡子打了一拳！

鏡子碎了。

他連連出拳，直到鏡子化為粉末。即使鱗片被我磨過之後變得薄了點，不過能把這麼硬的鱗片打碎還是很不簡單。不，不對。你在幹什麼啊？

「這是我的台詞，我想您應該不是故意的。但是用古隆蒂大人的鱗片製造那種尺寸的鏡子，能召喚惡魔族。」

咦？是這樣嗎？

「就是這樣。古代惡魔族會受到一些囉唆的規矩束縛，所以希望您今後別再製作這種東西。」

唔，既然會給人添麻煩就算了。

可是，我好不容易才決定要怎麼使用古隆蒂的鱗片啊。

「啊，原來如此。多到沒地方用是吧。了解，就由我買下吧。」

對於古吉的提議，我老實地表示感謝。他收購了大約一百枚。

另外，他給了我一面銀鏡，用來代替打碎的鏡子。直徑兩公尺的圓鏡，以穿衣鏡來說形狀差了點，不過還算夠用。就擺到宅邸玄關吧。

咦？不能放在玄關？要擺在專屬的房間？是這樣嗎？

我按照古吉的交代，把銀鏡擺到宅邸中的某個空房間。

露、始祖先生與萊美蓮偶爾會使用。

…………

奇怪，那應該是面普通的鏡子吧？

如此這般，多虧有古吉收購，處理掉了不少鱗片。

可喜可賀。

「村長，這座用古金幣堆成的山，該怎麼辦？」

我看向鬼人族女僕所指的方向。

人家買下鱗片，我們這邊當然要收錢。

哈哈哈，足足能裝滿五座倉庫的金幣山啊。

價值觀要崩潰了。

而且，如果把鱗片放著不管，反而比較不占空間。該反省。不，既然是金幣就花得掉。陽子，拿去當「五號村」的營運資金。

陽子落荒而逃，我從後追趕。

異世界
悠閒
農家

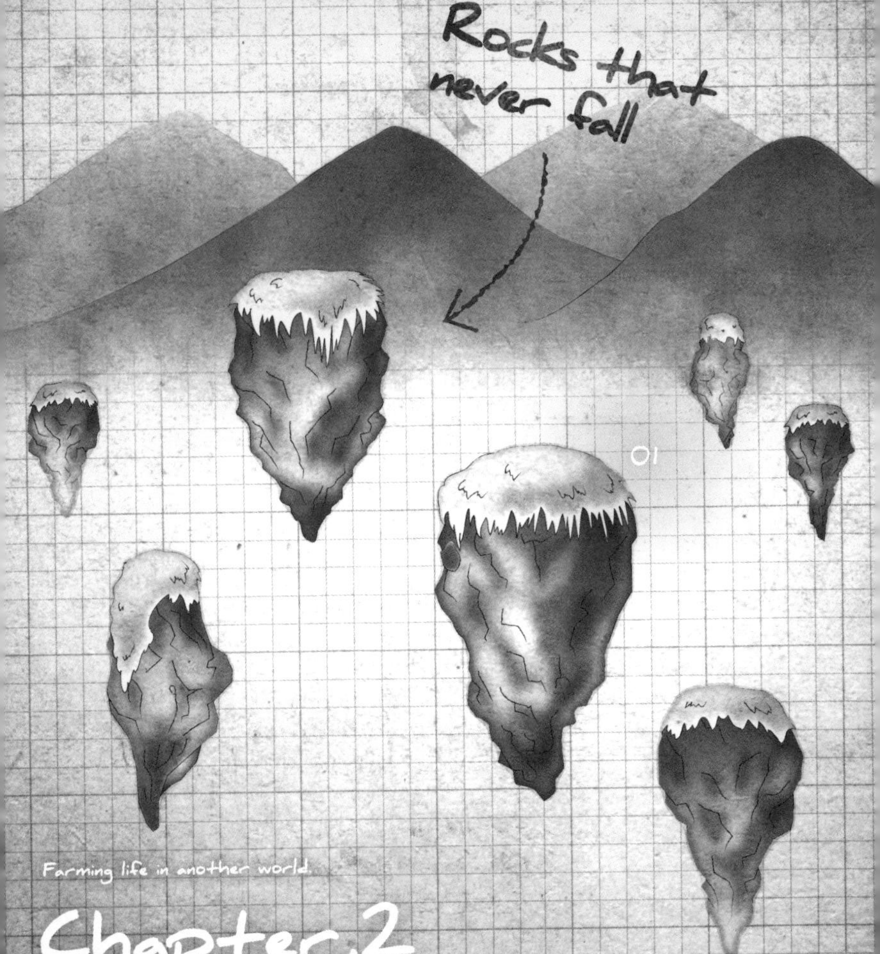

Farming life in another world.

Chapter,2

Presented by
Kinosuke Naito
Illustration by
Yasumo

There is a river important here under.

〔第二章〕

墜落之島

01.島

1 漢堡排、再戰與武鬥會

武鬥會開始了。

魔王好像沒能帶他太太過來，比傑爾正在安慰有些沮喪的魔王。

魔王的女兒優莉似乎不太在意母親沒來，大概是猜到這個時期來不了吧。她也在安慰魔王。

獸人族男孩戈爾、席爾、布隆以及高等精靈莉格涅，這次不參加。

據說是學園有很多事要忙。他們送了封信為無法參加武鬥會道歉。

雖然遺憾，但是有工作就沒辦法。啊，不對，這種想法有誤。

應該抱怨那個連一天假都不肯給的職場。更何況，即使是教師，但他們三個還是小孩子。

…………

根據信上寫的，學園似乎苦於師資不足。

數年前有多位教師辭職，之後一直沒辦法補充人手。

嗯～我也無能為力啊。

不久前給比傑爾的捐款…………可能還沒辦法變現，總之希望他們能靠這筆錢多加油。

這麼說來，露。

「夏沙多市鎮」的伊弗魯斯學園，沒有師資不足的問題嗎？啊，果然不夠嗎？看來各家都有自己的麻煩呢。

在村裡，孩子們的教育則是以哈克蓮為中心，拉絲蒂、芙勞與優莉從旁協助。有這麼好的環境，得感謝上天眷顧才行。

戈爾他們三個與莉格涅在信中表示，冬天會回來露面。魔王的太太或許也會在那個時間來訪。

武鬥會會場旁邊，照慣例有提供餐點的帳篷與攤位。其中一個帳篷裡，古隆蒂正和古拉兒一起用炭火烤漢堡排。

「媽媽，會不會烤過頭啦？」

「村長說過，如果不烤久一點，裡面不會熟。」

「是不是焦啦？」

「……表面削掉一點就好。」

「媽媽，不行啦。放棄吧。」

「沒辦法，親愛的。」

烤焦的漢堡排，由旁邊的基拉爾吃掉了。

……沒問題吧？是太太的手藝所以沒問題？這是愛啊。不過，這樣下去基拉爾就得一直吃烤焦的漢堡排，所以我給了古隆蒂和古拉兒一點建議。

妳們雖然是用烤肉叉把漢堡排串起來烤，但是離炭火太近了。還有，翻面不要太頻繁。先烤熟一面之後，再烤另一面，大概是這種感覺…………慢著，要不要用鐵板煎？這樣比較簡單喔。

在古拉兒的贊同與說服下，漢堡排改用鐵板來煎了。我去準備道具吧。

話說回來，站在帳篷角落一動也不動的三人……那三個混代龍族（Elder Dragon）怎麼啦？因為能和古隆蒂打招呼而大為感動，所以愣住了？呃…………不是昏過去嗎？沒事？唉，難得來一趟，應該會想參加武鬥會吧。叫她們起來。

一般組剛剛已經結束，所以她們只能參加戰士組。

這次武鬥會，安排了一場熱身賽。

由不死鳥幼雛艾基斯對上世界樹的蠶。

這是艾基斯提議的。大概是之前輸掉讓牠不甘心吧。艾基斯的助手由鷲擔任，世界樹的蠶那邊則是「二號村」代表哥頓。

鷲似乎給了艾基斯一些建議，但哥頓怎麼看都像在拿世界樹的葉子餵蠶。不，他是真的在餵蠶吧。哥頓，別露出「我為什麼會在這裡」的表情。雙方都要好好加油。

勝負很快就分曉。

艾基斯在比賽開始的同時撲向前去，蠶則嘗試以絲迎擊。艾基斯華麗地避開蠶吐出的絲，成功接近蠶，蠶卻在此時跳起來撞向艾基斯。大吃一驚的艾基斯停下動作，蠶趁機吐絲捆住牠，勝負底定。

贏得勝利的蠶，回到哥頓身邊討世界樹的葉子。輸家艾基斯則是由鷲幫忙鬆綁並加以安慰。嗯嗯，真可惜啊。

我也沒想到蠶居然會跳起來，大吃一驚也是難免。

喔喔，艾基斯的眼裡還有光芒，牠重燃鬥志了。哈哈哈。

…………怪了？艾基斯的身體是不是燒起來啦？等等，沒事吧？啊……馬上就熄掉了。還好。

仔細一想，艾基斯是不死鳥的幼雛，要讓身上裹著一團火應該不難吧。

之前，牠也試過要把屋頂上的積雪融化嘛。但是，不可以突然讓身上冒火喔，你看旁邊的鷲都嚇了一跳不是嗎？我也嚇了一跳。

剛剛是火自己冒出來的？那麼，好好控制就是你今後的功課啦。加油。不過，練習記得到戶外。不能在室內喔。

武鬥會進行得很順利。

今年戰士組的優勝，是格魯夫兒子的太太。她產後的疲勞似乎已經完全恢復。即便是第一次出場，卻很厲害。

另外，三名混代龍族好像決定暫緩參賽。她們在觀眾席大聲加油。

騎士組優勝是紅裝甲。牠也很厲害，先後打敗了露、蒂雅、莉亞、安等強敵，贏得優勝。

同樣參賽的白裝甲，第一場比賽就敗給小黑的子孫。那隻小黑的子孫則是敗給露，因此可以說紅裝甲替白裝甲報了一箭之仇。

不過嘛，勝負沒有絕對，也要看相性。下次加油就好。

格魯夫和達尬雖然過了第一關，卻都在第二關敗退。

但是，能夠贏一場讓他們非常開心。

相反地，輸給格魯夫和達尬的庫德兒與可羅涅，不但遭到蒂雅說教，還被觀戰的瑪爾比特、蘇爾蘿與菈茲瑪莉亞訓了一頓。

希望這次不是因為兩人輕敵，而是格魯夫和達尬努力的成果。

最後則是表演賽，有些人稱它為英雄組。

表演賽沒有優勝，所以能悠閒地觀戰。最令人矚目的，則是魔王與誰交手。

「不能拒絕參加嗎？」

魔王做出無謂的抵抗。

他今年的對手是基拉爾。有古隆蒂加油，今年的基拉爾應該特別強。啊，但是漢堡排吃太多讓基拉爾的肚子都鼓起來了。

…………魔王，機會來囉！

魔王似乎也這麼想，於是果敢地發動攻勢。嗯，他很努力了。我不會忘記他的英姿。優莉，不要顧著吃，替妳爸爸加油。比傑爾也一樣。

古隆蒂沒參加。

因為人形態還沒辦法自由活動，龍形態時舞台裝不下。

不過，她有展現龍形態讓「大樹村」居民以外的參加者看，算是露個臉。畢竟她喝醉時經常變成龍的模樣，這麼做是為了避免嚇到人。我想，她今晚也會喝酒吧。

古隆蒂的八頭龍形態，大家很自然地接受了。而且，還是一樣受孩子們歡迎。令人有點羨慕。

最為熱烈的，則是瑪爾比特對上蘇爾蘿。

兩人在空中展開一番激戰，但不知為何最後是在舞台上以關節技分出勝負。

贏家是瑪爾比特。

怪了？蘇爾蘿不是蒂雅之前的天使族最強嗎？

「身為天使族族長不能輸，所以我贏了。」

原來如此。

蘇爾蘿，請妳回顧剛剛那一戰並說句話。

「那傢伙一邊施展關節技一邊捏我的大腿！太奸詐了吧！」

呃……請為雙方的精彩表現鼓掌。

晚上照慣例舉行宴會。

矮人們找上古隆蒂要一決勝負。不是戰鬥，而是喝酒。

孩子們可以晚睡，但是有限度。火一郎，你差不多到睡覺時間了，腦袋已經搖搖晃晃囉。

那些比火一郎更小的孩子，早就回寢室了。火一郎撐得比較久。

好，我抱你回去吧。萊美蓮比較好？知道了知道了，那就交給萊美蓮吧。反正她看起來也很樂意。

嗯？拉絲蒂，怎麼啦？啊，確實，妳也是萊美蓮的孫輩嘛。但是妳對我說這些也沒用啊。

之所以待遇不同，是因為萊美蓮顧慮到妳的母親葛菈法倫。

自己女兒的孩子能安心地給意見和出手，但是換成兒媳婦的孩子，萊美蓮似乎就不方便這麼做了。

萊美蓮是這麼說的。

順帶一提，和火一郎同樣是自家女兒生的海賽兒娜可，則是因為居住的地方不同所以難得見面。

萊美蓮回來之後，要不要試著撒嬌？不用害羞吧。還有，德斯在那邊擺出一副「爺爺在這裡喔」的表情等著呢。哈哈哈。反正我們的女兒拉娜農睡了，又是這樣的夜晚，放輕鬆。光是聊聊天就很夠啦。

武鬥會的夜色更深了。

2 歸去之人、留下之人與來訪之人

武鬥會結束隔天。

魔王與比傑爾一早就回去了。似乎是古隆蒂帶來的混亂還餘波盪漾。也因為如此，藍登、葛拉茲與荷沒辦法來武鬥會。

雖然不是我的錯……唉，但是也很難說與我無關，抱歉。

我告訴魔王，有什麼幫得上忙的地方就說一聲。

始祖先生晚上才到，沒來得及參加武鬥會。暫時留在村裡的他顯得非常疲憊，好像是因為這段時間非常忙碌。芙修沒來也是同樣的理由。

他們的忙碌與古隆蒂無關，讓我鬆了口氣。

始祖先生目前人在溫泉，希望他能好好放鬆。

德斯、德萊姆與萊美蓮留在村裡。
最近，他們待在村裡的頻率好像有點高，這樣好嗎？
我很歡迎，但是他們原先住的地方沒問題嗎？德萊姆不時會被古吉帶回去就是了。

基拉爾與古隆蒂也還在。
基拉爾很快就要回去，不過古隆蒂有可能就此留在「大樹村」，或者該說定居。因為古隆蒂本人希望盡可能待在古拉兒身邊。她先前一直和古拉兒保持距離，這點似乎讓她非常介意。
儘管已經收了不少住宿費，而且她短期之內該把重點放在讓無法自由活動的身體恢復，但既然要在村裡定居，我還是希望她能負責一些工作。
不是我想逼人幹活，而是我覺得，有責任在身才能成為村裡的一員。不過嘛，每個人都有拿手或不拿手的事，可以慢慢想自己做得到什麼。
結果，我們發現她是魔法專家。原本在村裡說到魔法就是露或蒂雅，但古隆蒂是遠比兩人更厲害的魔法師。
古隆蒂擅長暗屬性魔法，但是其他屬性的魔法也都會。並且，每一種魔法都用得比露和蒂雅更好。
她的拿手好戲，則是同時施展八種魔法。嗯，我想也是……人形態時也可以？這還真厲害。
所以，她成了孩子們的魔法教師。孩子們非常高興。畢竟古隆蒂很受孩子們歡迎嘛。
不過，要是你們表現得太高興，之前教你們魔法的露和蒂雅會鬧脾氣喔。要適可而止啊。

古隆蒂，一開始不要勉強，慢慢來。希望妳可以和哈克蓮、露與蒂雅好好討論要怎麼教。麻煩了。

順帶一提，古隆蒂是睡在我家客房。雖然有為古拉兒蓋的住家，但是古拉兒都待在我家嘛。

「南方迷宮」的半人蛇族與「北方迷宮」的巨人族，則是一半回去一半留下。

半人蛇族和巨人族原本就會來幫忙秋收以及加工作物，現在則是常駐在此。畢竟「大樹村」一年三穫，人手不嫌多。

半人蛇族與巨人族來「大樹村」工作，然後領作物當酬勞帶回去。留下的人，相當於離鄉背井出外幹活。這些人會在武鬥會時換一批，所以武鬥會結束之後返鄉的半人蛇族與巨人族會來道別……我不太擅長應付這種場面。好寂寞。

半人蛇族與巨人族返鄉時是團體行動，不過兩路都各有幾隻小黑的子孫們以護衛身分同行。雖然他們自己也回得去，這是以防萬一。

結束護衛工作的小黑子孫們，似乎會在回程途中順便打獵。注意別逞強喔。

瑪爾比特、蘇爾蘿和菈茲瑪莉亞則是理所當然地留下。

豈止無意回去，她們甚至早就從倉庫裡搬出暖桌準備過冬。慢著慢著，要窩進暖桌還太早。而且，妳們不去天使族的別墅嗎？不去？這樣啊。要住在宅邸的客房是吧。這是沒關係，不過要記得對幫忙打掃別墅的蘇爾琉與蘇爾蔻表示感謝。

另外，儘管時間還沒到，但是妳們要來幫忙秋收。不准有意見。

於是，在瑪爾比特、蘇爾蘿與菈茲瑪莉亞之後，琳夏也來了。

她單方面把瑪爾比特、蘇爾蘿與菈茲瑪莉亞三個人狠狠修理了一頓。

武鬥會時講的「身為天使族族長不能輸」上哪裡去了？還有，蘇爾蘿原本是天使族最強，這件事該不會是假的吧？最近我忍不住會這麼想。

武鬥會的疲勞？知道了，就當成是這樣吧。

還有，琳夏。

瑪爾比特我知道，但是妳為什麼連蘇爾蘿和菈茲瑪莉亞也要修理？喔，她們也把工作丟下啦？

我能理解，不過妳就原諒菈茲瑪莉亞吧。她想見孫女嘛。妳懂她的心情吧？抱歉啦。瑪爾比特和蘇爾蘿，妳們別因為我沒幫忙說情就吵吵鬧鬧。

琳夏從三人那裡聽了和古隆蒂會談的結果。

聽完之後又向我確認，難道那三個人不能信任？不是？事關重大，需要證據？只聽單方面的說詞就以為全都明白會有危險？原來如此，確實是這樣。

那麼，我另外安排一個場面讓琳夏和古隆蒂對談吧……被拒絕了。我是無妨啦。琳夏會留下嗎？待到春天？了解。

去年武鬥會的一般組是淘汰賽形式，不過今年回歸以往的一對一了。

理由在於，淘汰賽形式的連戰對一般組參賽者來說有點嚴苛。而且，想參賽的人實在太多。

雖然沒把武鬥會當成讓大家發洩的手段，但終究還是有人很期待這一天到來，因此今年將戰鬥次數當成重點。想要多打幾場的人就讓他多參加幾次，這樣就沒問題了吧。

回歸一對一形式的缺點，就是沒辦法決定一個明確的優勝者。所以孩子們有所不滿。

大概就是因為這樣吧，此刻，孩子們正在模仿武鬥會。是不是不過癮啊？

有格魯夫和達尬擔任裁判，可以放心。還有，烏爾莎負責指導其他孩子。不愧是上次的一般組優勝者。

——我很想當成是這樣，然而實際上並非如此。

日前的武鬥會，烏爾莎別說戰士組了，她甚至想參加騎士組。而且，她還拿著古隆蒂給我的劍。

為了阻止她，死靈騎士(Death Knight)壯烈犧牲……幫了不少忙。死靈騎士如果拿出真本事，應該馬上就能壓制烏爾莎，然而問題在於烏爾莎還是個孩子，所以死靈騎士手下留情。結果雖成功攔住烏爾莎，死靈騎士卻受傷了。我和山精靈為死靈騎士製作的盾，也在一番活躍之後壞了。

即使烏爾莎的力量也是原因之一，那把劍的威力恐怕還是太強。我先前把它放在宅邸客廳當裝飾，看樣子可能要封印。

無論如何，擅自把劍拿出來的烏爾莎要受罰。懲罰之一，就是禁止攜帶武器。所以她才只能負責指導其他孩子吧。要好好反省喔。

目前，死靈騎士在「大樹村」療養。

由於是死靈騎士，所以沒辦法靠治療魔法迅速恢復。

數名獸人族女孩代替療養中的死靈騎士前往溫泉地。她們表示想和獅子一家聯絡感情，所以我就交給她們了。

留在溫泉地的另外兩名死靈騎士，則由我向他們解釋。真的很抱歉。

就在這時，我發現……有個陌生人……或者該說有一具陌生的骸骨。

死靈騎士變多了？不是？人家是死靈魔導師（Death Wizard）？

雖然擺了個帥氣的姿勢，但是手裡拿著打掃用的刷子就有點……而且是骸骨。

最近才來的？抱歉太晚打招呼？

原本預定由前往「大樹村」的那位死靈騎士幫忙介紹，所以我實在沒辦法多說什麼。

於是死靈魔導師也留在溫泉地工作了。

順帶一提，死靈魔導師是女性。所以，能不能麻煩妳把衣服穿上啊？

不不不，我可不會對骸骨發情喔。不過，妳是女性吧？至少把腰和胸遮住。我會幫妳準備。

最好看起來像魔導師對吧。知道了，我試著拜託座布團。

3 「大樹村」的狀況

我為死靈騎士製作新盾牌。

死靈騎士告訴我，盾牌的變形機關非常有效。如果對方沒見過這種盾牌，效果更是卓越。

不過，這是專門用來對人的機關，應付魔物和魔獸時幾乎用不到。目前只有武鬥會派得上用場。而且，參加武鬥會的人都知道這種可變形盾牌，所以效果只剩一半。嗯……

唉，畢竟這種機關是用來針對那些行動時會考量盾牌大小的人嘛。下次要拿掉變形機關嗎？很帥所以要保留？而且很受孩子們歡迎？這樣啊這樣啊。那麼，就朝保留變形機關的方向改進。

可是，做一樣的東西未免太無趣。

上一次是藏在盾牌內側的刀刃（Blade）會從盾牌周圍竄出，架住來襲的劍並攻擊對手……這次該怎麼辦呢？把古隆蒂的鱗削成很多片小型刀刃，連起來做成鎖鍊狀，讓這種帶刃鎖鍊在盾牌周圍運作……但是缺乏動力啊。

山精靈，妳們手裡那個是什麼？露做的魔力驅動裝置？喔？如果是這個尺寸，像這樣裝進去……只要一個按鈕，就可以讓盾牌邊緣彈出刀刃，並且讓這些刀刃迴轉！

…………

有夠危險，放棄。

到頭來，還是做了一面和之前一樣的盾，遺憾。

相對地，我打算幫死靈騎士做一副新鎧甲。

先前為了讓他長期待在溫泉地也不至於生鏽，所以是木製。不過，假如鐵裡面混了古隆蒂的鱗片粉末就不會生鏽。

我拜託加特之後，他說需要數個月。嗯，我想也是。連用木頭做都很麻煩了，何況這回要用鐵。

我告訴他有空再做就好，他卻問我能不能向「好林村」商借人手。

名義上是縮短工期，實際上似乎是想讓「好林村」的人也來看看「大樹村」的鍛冶場。我告訴他沒問題。晚點確認一下萬能船的行程吧。

離秋收還有一段時間。

本來該慢慢開始做些過冬準備…………但現在是我不努力也沒關係的狀態。換句話說，我很閒。

…………

於是我試著餵妖精女王水果。她窩在天使族的瑪爾比特、蘇爾蘿與菈茲瑪莉亞搬出來的暖桌裡。

首先是荔枝。

妖精女王大嚼荔枝。荔枝的缺點大概是會弄髒手吧。來，濕毛巾。

再來，是稍微冷凍過的荔枝。嚇到了吧嚇到了吧。

兩者是一樣的水果喔。但是，口感上的差異卻能讓味道有這麼大的不同！哎呀，吃三顆就好，多了會膩。

我知道我知道。那麼，換一種水果。哈密瓜和芒果如何？桃子比較好？桃子要剝皮很麻煩耶……算了，沒差。反正孩子們差不多也上完課準備過來了。

…………

要剝皮的桃子很多，所以我找鬼人族女僕們幫忙。謝謝妳們。

走出門外仰望天空，便看見不死鳥幼雛艾基斯和鷲在飛。

牠們大概想並排飛行，但是兩邊飛行速度不一樣，所以會看見鷲一直在原地打轉，顯得很忙碌。真是溫馨的畫面。

雖然溫馨，但艾基斯好像重新認知到自己有多慢，沒多久便停下來鬧彆扭。哈哈哈。要是不努力，你永遠贏不了世界樹的蠶喔。

蓄水池裡，池龜悠哉地游泳。

我數了數冒出水面的池龜龜殼，正好二十隻。增加了呢。

不不不，不會礙事喔。如果覺得蓄水池太窄就說一聲，我會把水池擴大，或是挖新池。

話說回來，全員一起噴水是怎麼回事？很漂亮就是了。

才藝表演？正在練習？原來如此。

在入冬之前，安排個機會讓村民們觀賞吧。

居住區傳來女性的慘叫。

聲音來自瑪爾比特。蘇爾蘿和菈茲瑪莉亞的慘叫隨之而來。既然如此，之後大概會是琳夏罵人的聲音吧。啊，果然聽到了。

瑪爾比特等人就在那棟蓋來當別墅的屋子裡工作，不能打擾她們，所以略過。

…………

瑪爾比特，拜託不要抓住我的衣服。我把瑪爾比特交給琳夏，加油吧。

還有，在工作做完之前都別來宅邸這邊，三餐我會請人家送來。

我和小黑的子孫們一起巡田，來到北邊的花田。

妖精們開心地飛來飛去。

…………

數量增加了呢。

喔，我知道，我有帶來。

我把削短的甘蔗擺在平台上，妖精們紛紛湧向甘蔗。

我偶爾會像這樣拿點東西過來，所以不要對蜂巢惡作劇喔。

前陣子蜜蜂找我商量時，嚇了我一跳。

我前往果園區，確認蜜蜂們的狀況。

嗯，看樣子沒問題。只不過，有幾隻女王蜂變得圓滾滾，令我有點在意。會不會太胖啦？不過嘛，這也代表環境能夠讓牠們安心吧。

在冬天到來之前，檢查一下蜂舍吧。萬一有破損，可能會被雪壓垮。

我在牧場區騎馬。

和以前不同，現在牠會乖乖讓我騎了。雖然我還算不上很會騎……但應該只是騎得不夠好，不至於很糟。

我騎著馬巡視牧場區，小黑的子孫們也跟著。

嗯，山羊、綿羊、牛的數量都增加了。特別是山羊，牠們一看見我，就成群結隊衝過來。不過，馬靈巧地避開後一個衝刺，轉眼間就拉開了距離。只有小黑的子孫們跟得上。

被拉開距離的山羊，擺出一副已經對我沒興趣的態度，但是我一騎著馬接近，牠們立刻又衝過來。

即使馬會避開，但真的有危險時，小黑的子孫們就會出面攔下。而山羊們也知道這點，只是在跟我玩。所以，山羊們並不是跟我有仇。我想沒有，應該沒問題吧？

馬的數量也變多了，大家都很有精神。

小馬……不太理我耶。相對地，母獨角獸倒是很黏我。不過黏歸黏，牠還是不肯讓我騎。

畢竟是獨角獸，這也是不得已吧？哈哈哈，我懂我懂。今天晚飯多給你們一點紅蘿蔔吧。

我聽人家說，馬喜歡紅蘿蔔是種迷信，而這個村子的馬和獨角獸倒是吃得很高興。當然，蘋果和白菜牠們一樣吃得很高興。

喔，小馬們之所以不理我，是因為牠們出生數個月後溜進田裡，被我訓了一頓。

小馬們不理小黑子孫們的勸阻跑進白菜田大鬧，教訓牠們理所當然。

只不過，當初牠們被座布團孩子們的絲線綁起來，還是由我釋放牠們的。牠們是不是忘記啦？嗯～希望能找個機會和好。

晚上。

餐桌上有許多海水魚，向戈隆商會進的。

主菜當然是秋刀魚和鮭魚。說到秋天，就該吃這些嘛。

儘管以季節來說似乎早了點，但是我不在意。

秋刀魚很大，所以切成兩半之後用烤的。鮭魚則是去骨剁碎後和飯一起煮。嗯，好吃。這是秋天的味道啊。

對了對了，在果園區散步時，我注意到栗子差不多可以採收了。蘑菇也到了採收的時節。

今天雖然悠閒，不過仔細一想，還有很多事能做呢。

好，明天加油吧。

今天飯後到洗澡前，我都在陪孩子們玩。

禁止烏爾莎攜帶武器之後，她顯得很乖巧。應該有在反省吧。

畢竟除了我以外，她還被哈克蓮和座布團罵了嘛。只不過，那種乖巧模樣很有女生的樣子，卻不像烏爾莎。

或許會有人覺得我太寵小孩，但我認為，差不多等秋收完畢就可以解禁了。可是，目前還不行喔。

至少，在死靈騎士完全恢復前不行。妳要暫時保持這種乖巧的樣子。

烏爾莎之所以不惜把劍拿出來也要參加騎士組，似乎是想早點被當作大人看待……但是隨著時間經過，就算不想長大也得長大喔。不需要急著當個大人。

4 魚頭與墜落之島

我把秋刀魚的頭堆在台車上，送到犬區。因為小黑的子孫們想要。身體部分牠們當然也想要，但是牠們知道秋刀魚數量有限，所以沒強人所難。牠們只說，想要吃完飯之後剩下的秋刀魚頭。秋刀魚約有八十公分，所以頭部也相當大……儘管很懷疑牠們是否真吃得下去，但我還是給了。牠們吃得輕鬆愜意，還用閃亮亮的大眼睛要求再來一些。從此以後，秋刀魚頭都會留給小黑的子孫們。

不過……秋刀魚的頭大量堆在一起，這個畫面相當噁心。即便如此，小黑的子孫們毫不在意，照樣搖著尾巴啃魚頭就是了……喂喂，不要拿秋刀魚頭來玩。不要讓魚頭在地上滾來滾去，對食物要保有敬意。停，不要因為大小起衝突。不可以吵架喔。那邊的，不要挖洞把秋刀魚頭埋起來，會腐爛喔。

我把秋刀魚頭分給小黑的子孫們之後，又來了數名鬼人族女僕。

她們和我一樣推著台車，不過車上堆的不是秋刀魚頭，而是鮭魚頭。

鮭魚的尺寸同樣長達一百五十公分左右，所以頭也很大，像鮪魚頭一樣。

鬼人族女僕們把鮭魚頭分給小黑的子孫們。反應沒有秋刀魚頭熱烈，是因為顧慮到我嗎？哈哈哈，不用在意。沒錯，別客氣……看牠們咬秋刀魚頭的時候我就在想，這咬合的力道真是驚人。牠們完全不在乎鮭魚頭裡的魚骨，喀啦喀啦地吃個不停。

鮭魚頭裡的魚骨……應該不軟吧。相當硬。啊，抱歉。我沒有要搶鮭魚頭的意思，拜託別用那種難過的眼神看我。

小黑的子孫們吃完鮭魚頭之後，我帶著牠們到牧場區的水池。

即使吃的時候很小心，還是會沾上魚腥味嘛。我幫你們洗一洗吧，哈哈哈。

我遭到山羊突襲，落進水池裡。

太大意了。小黑的子孫們很認真地追趕山羊。我沒生氣啦，你們別太過火喔。

洗完小黑的子孫們之後，我就去洗澡了，因為弄得一身濕。

儘管有「健康的肉體」大概不會感冒，卻也不能因此就亂來。

我原本考慮要去溫泉地，不過獸人族女孩們已經準備好熱水，所以我就去澡堂了。謝謝妳們。

但是，不要擠進來一起洗，天還很亮喔。

我一邊泡澡，一邊思索溫泉地新來那位死靈魔導師的事。

數個月之前，她似乎還生活在人類國家的某處。

那個某處有點特別，居然是一座浮在空中的島嶼。那座島不像太陽城會移動，而是停在固定位置。死靈魔導師原本待在島上研究魔法，不會受到其他人打擾，但是那座島不知為何從空中墜落。而且墜落地點是一條大河，島便把河堵住了。

那條河在當地似乎很重要，河川水位急遽下降，導致下游的城鎮與村落一團混亂。為了查明原因，眾多冒險者被派往那座墜落的島。

然後，原先在島上生活的死靈魔導師，被認定是島墜落的原因。擔心這樣下去會被消滅的死靈魔導師，連忙施展傳送魔法逃亡。

只不過，她的傳送魔法好像火候不夠，傳到哪裡全看運氣。而死靈魔導師抵達的地點，是溫泉地北方某座山的山腰。她的身體，差不多有一半埋在地裡。更糟糕的是，頭部也在被埋住的那一半。

沒辦法施展魔法的她，很害怕自己會就這樣腐朽。不過就在陷入絕望時，獅子一家的成員發現她，然後死靈騎士們將她救出。

之後，她決定待在溫泉地工作（不是為了答謝救命之恩），而且好像很認真。

我對她的遭遇十分同情。當然，也正式許可她留下來工作。

還有，我打算有空幫她蓋一間研究魔法的設施。

其實，我知道死靈魔導師傳送逃走之後發生什麼事。

沒逮到死靈魔導師的冒險者們，在調查墜落島嶼時用了大規模的魔法，將整座島給毀了。於是，先前被堵住的河水得到解放。當然，河川下游的城鎮與村落就淹水了。

那群冒險者是白痴嗎？還是他們沒考慮到魔法會毀掉那座島？

幸好先前因為河水被堵住，人們擔心之後會淹水而事先逃走，所以幾乎沒有造成傷亡，但是建築物的損失非常驚人。

負責賑災與救援的則是科林教，始祖先生前段時間忙得要死的原因就在這裡。

始祖先生在溫泉地見到了死靈魔導師，但他原本似乎想當成沒看到，大概真的累壞了吧。可是，他必須追究那座島墜落的原因，所以還是心不甘情不願地向她搭話。

好像是因為懸浮島另外還有好幾座，如果那些島嶼也有墜落的可能性，就不能坐視不管。

「假設冒險者沒有破壞那座墜落的島，就能調查得更詳細一點了……」

那些破壞島嶼的冒險者已遭到逮捕，被關進監獄。

即使他們是想調查，但造成的損害實在太大。

「已經知道他們沒有惡意，所以大約半年就會釋放。」

以上是始祖先生的說明。

他還說，釋放時要由科林教和冒險者公會共同擔保。大家都很辛苦呢。

泡完澡之後，我去找回到宅邸的始祖先生。

將捐給水患地區的款項交給他。

咦？直接捐鱗片不行？那就現金吧。

5 編隊飛行與採蘑菇

仰望天空，能看見蒂雅、格蘭瑪莉亞、庫德兒、可羅涅、琪亞比特、蘇爾琉、蘇爾蔻、瑪爾比特、琳夏、蘇爾蘿，還有莅茲瑪莉亞在飛行。

速度一致，排成漂亮的一列橫隊。

在村子上空繞完一圈之後，她們以瑪爾比特為中心改變隊形，開始編隊飛行。那種彷彿能聽到秒針擺動聲的精準變陣，只能說了不起。

瑪爾比特負責指揮。她待在隊伍中心，對周圍打信號。和平常截然不同，是一位出色的指揮官。

她們開始編隊飛行的理由很單純。

明明還是秋天，瑪爾比特卻和小貓們搶起暖桌，蒂潔爾看見之後問蒂雅：

「媽媽，天使族都是那種樣子嗎？」

在此姑且還是得為瑪爾比特的名譽辯解一下，她已經做完琳夏交辦的工作，這是久違的悠閒時間。

不過，對於看過去年冬天瑪爾比特有多麼懶惰的蒂潔爾來說，這種話大概只是藉口吧。

認為這樣不行的蒂雅找琳夏商量，結果就是這場編隊飛行。

編隊飛行似乎不止打動蒂潔爾，其他孩子們也深受感動，他們爆出一陣歡呼。

奧蘿拉……還搞不懂吧。不過，她高興就好。

嗯？庫德兒對我比了個手勢……我交叉手臂示意不准。

但是，庫德兒不死心。她又比出「只要一次、一次就好」的手勢。

不行，絕對不行。

庫德兒想使用裝上小黑角的長槍。那玩意兒禁止在孩子們睡覺時使用。而且，露普米莉娜和蘿潔瑪莉亞正在睡覺。要是爆出巨響，安她們會火冒三丈的。

我再次強調不行。

我還找附近的小黑子孫們幫忙，在地面用人……用狼排出叉型。我可不准妳說沒看見喔。

嗯？庫德兒離開編隊，往宅邸移動……………然後，她失落地離開宅邸回到空中。

看來她沒說服安。改天再找機會吧，今天就先讓孩子們開心一下。

編隊飛行有沒有保住天使族在蒂潔爾以及其他孩子們心中的地位，不得而知。不過，倒是能肯定大家對瑪爾比特多少有些改觀。

所以瑪爾比特，暫時別窩進暖桌裡。暫時而已。嗯，只是暫時。呃，並不是等到明天就……我知道了。我會在天使族的別墅也擺張暖桌。在那邊會有工作跟著來？放心，就算妳窩進我家的暖桌也一樣。

還有，萊美蓮。能不能別因為火一郎開口了就召集龍族啊？

雖然若問我想不想看龍的編隊飛行，我會說想看……不過要是像之前太陽城那樣有什麼東西過來，該怎麼辦？你們就是為了避免那種事發生才自我克制的吧？要是有東西會過來，他們早就來了？呃，或許是這樣沒錯啦。總之，今天就算了。

看完天使族的編隊飛行，我稍微想了一下。

孩子們是怎麼看待我的呢？

我自認不是個有威嚴的父親。即使不至於不講理……但他們是怎麼想的呢？孩子們好像不怎麼跟我撒嬌耶。嗯……

多想也沒用。只要像天使族編隊飛行那樣，展現一下父親的優點就好。

可是，田已經耕完了。進森林打獵是不壞，但是也不能讓孩子們跟來。

最好能讓孩子們看見……不，讓孩子們一起做事……好，採蘑菇吧。

想到就要馬上行動……快天黑了，今天大概沒辦法。那就明天。

明天要和孩子們一起去採蘑菇——我這麼宣布。

隔天早上。

孩子們集合。阿爾弗雷德、蒂潔爾、烏爾莎、娜特、利留斯、利格爾、拉提、特萊因、火一郎、古拉兒，與蜥蜴人小孩約二十人。

除了蜥蜴人小孩之外，孩子們都穿著進森林應該不會出問題的長袖長褲。而且，為了安全起見還帶著短劍一類的武器，雖然可能沒有用到的機會。

先前被禁止攜帶武器的烏爾莎也得到許可。再怎麼說，我也不會要她不帶武器就進森林。

至於古拉兒與火一郎……空手也沒問題吧。

除了孩子們之外，還有哈克蓮、拉絲蒂、萊美蓮、德斯、德萊姆以及十個揹著籃子的成年蜥蜴人。

大人們預定和孩子們一起行動。

然後，以高等精靈莉亞為中心的另一批人，則先一步前往我之前開闢的蘑菇採收地點，畢竟要是有魔物或魔獸會很危險。小黑的子孫們與座布團的孩子們也和莉亞一同前往，可以安心。

保護過度？不不不，不能大意。

出發。

哈克蓮和德萊姆說可以用龍形態送大家過去，但是孩子們說要用走的，所以最後我們還是步行。我也希望陪伴孩子們的時間能長一點。

我們在森林中走了約一小時之後，抵達蘑菇的採收地點。

途中感覺和大家聊了不少，滿足。

…………

別忘了今天的目的。

採蘑菇。

以前，我在這一帶邊想著「食用菇類」邊揮舞「萬能農具」。所以，仔細觀察地面就會發現，到處都是香菇、舞菇、松茸與秀珍菇。

首先，我讓孩子們採收這些菇，並且要大家注意別一個不小心走進森林深處。

我對周圍的莉亞等人打了個信號，拜託她們好好看著。

等採收到某個程度之後，就轉移陣地。

下一個地點也是蘑菇，不過種類是松露。

松露藏在地下，用看的不知道位置，所以我請小黑的子孫們出場。

我要孩子們分組，每一組搭配一隻小黑的子孫挖松露。喂喂，別空手挖。我有準備工具，用那個。

萊美蓮、德斯。拜託不要只看火一郎，也顧一下其他孩子。

德萊姆，示範一次就夠囉。要是做得太過頭，孩子們就沒得挖了。

本來量應該多到孩子們花一整天也採不完……不過似乎是被魔物和魔獸搶先了。差不多有一半被弄得一團亂。畢竟沒安排人手看管，這也是難免。

待會兒換個地方吧，希望那邊沒事。

嗯？負責監視的莉亞傳來信號。

好像有魔獸出沒。

小黑的子孫們和座布團的孩子們去應付了……但是魔獸數量很多？

糟糕。

我大聲要孩子們集合。哈克蓮，變成龍載孩子們到空中避難。

才剛下達指示，就有一頭巨大山豬現身，朝我們這邊衝來。

那頭山豬背上原本有好幾隻座布團的孩子們，不過牠們一看見我就跳開了，大概是怕妨礙到我吧。

幫大忙了。

我用「萬能農具」的鋤頭收拾掉巨大山豬。

然後，在座布團孩子們的指引下，往下一頭巨大山豬所在處移動。

巨大山豬總共有八頭，數量不少呢。

搶在我們前面挖松露的，好像就是這些巨大山豬。是不是以為我們跑來牠們的地盤搗亂呢？

雖然有點不好意思，然而松露是我種的嘛。

能夠在入冬前取得大量的肉，值得高興。

只不過，採蘑菇活動到此為止。必須把獵到的巨大山豬帶回村子裡才行，真遺憾。

我原本還想找出松露給孩子們看，在他們面前表現一下。

咦？狩獵巨大山豬的樣子很帥？這、這樣啊？有點不好意思耶……嗯，滿足。

為了運輸巨大山豬，讓德萊姆來回飛了好幾趟，感謝。

孩子們也被萊美蓮載回村子，畢竟回程都很累了嘛。

我回到村裡之後，看見芙修。她一臉疲憊，似乎和始祖先生一樣為了懸浮島墜落而忙得不可開交。

咦？破壞島的冒險者逃獄了？真可怕。啊，已經抓到啦？那就好。

唉，芙修妳也放鬆一下吧。今晚吃蘑菇火鍋喔。對，孩子們辛苦採收的。

6 怨念爐

絲依蓮、馬克與海賽兒一家久違來訪，真的好久不見了。

他們三個的人形態……沒什麼變。大概是因為形態可以自由變換，所以不需要在意吧。

絲依蓮一家之所以造訪，是被萊美蓮叫來的。她好像認真地在策劃龍族的編隊飛行，畢竟火一郎非常期待嘛。

萊美蓮甚至留住了打算回去的基拉爾。所以，我不會妨礙她。

總而言之，我將基拉爾和古隆蒂介紹給絲依蓮一家。

……

嗯，別拿我當盾。基拉爾以前有在村子裡見過吧。在其他地方也見過好幾次？那就好。咦？基拉爾是馬克很崇拜的龍？這樣啊。

他只是個寵老婆和女兒的普通龍族啊……總而言之，馬克。關於「崇拜的龍」這部分，對面的德斯耳朵動了一下，之後記得去解釋。

然後，之所以拿我當盾是因為古隆蒂？古隆蒂……啊～馬克以前被修理過一次。那麼，今天就是和好的機會啦，加油。

絲依蓮和海賽兒也怕古隆蒂嗎？妳們只聽過傳聞吧？放心。她也是個深愛丈夫的龍族女性……古隆蒂，害羞是無妨，但是不要一直打基拉爾。基拉爾雖然很高興，但是絲依蓮和海賽兒會怕。

在那之後，我邀絲依蓮一家喝茶休息一下，順便聊聊近況。

原本只是請喝茶，對方卻想吃鮭魚拌飯。似乎是德斯和萊美蓮炫耀過，這倒是沒關係啦。

題外話，這個世界吃鮭魚卵的人很少。

頂多就是以前在「夏沙多市鎮」舉辦的餐會……更正，為了解決海洋種族糾紛而舉行的試煉上會吃而已。

所以，這個村子吃鮭魚卵的人也很少。一開始就吃得很高興的頂多是我、鬼人族女僕與山精靈。我和鬼人族女僕對鮭魚卵並不排斥，山精靈們則根本不曉得鮭魚卵是海產。

不過嘛，我也不會逼人家吃不喜歡吃的東西。讓想吃的人吃就好。所以，即使絲依蓮一家想吃鮭魚卵蓋飯，我也會端出來。

反正最近德斯和萊美蓮也會吃鮭魚卵了嘛。

和絲依蓮一家聊近況時，談到死靈魔導師先前住的那座懸浮島。

正確說來，是關於懸浮島少了一座的話題。

那一帶原本有大大小小共二十座懸浮島，現在少了一座變成十九座。絲依蓮他們說不曉得那座島去了哪裡。只是，在聊這個話題時，有兩句話不能放過。

一句是馬克說的：

「爺爺說過，那裡以前是十九座，不知道什麼時候變成二十座。」

另一句，則是絲依蓮說的：

「最近在那一帶飛行時有遭到攻擊。我沒反擊喔，因為趕時間。」

我雖然沒注意，不過被鮭魚卵蓋飯釣過來的始祖先生有聽到。

詢問詳情之後，得出結論。

死靈魔導師之前住的那座懸浮島，不是普通的懸浮島。

…………

我離開還在詢問絲依蓮一家的始祖先生，跑去問露。

普通的懸浮島是什麼啊？

在這個世界，似乎有些會浮在空中的物質。

這些物質聚集在一起，就成了浮在空中的島。這種懸浮島上升到一定高度之後就會趨於穩定，幾乎不會動。就算遇上颱風之類的意外被推走，隨著時間經過仍舊會回到原處。這就是一般所謂的懸浮島。

島的數量之所以會增加，是因為大地震或火山爆發，導致新島從地上冒出。數量如果減少，則是遭到龍之類的外力破壞。一般來說不會因為墜落而變少。

「換句話說，那座墜落的島，和太陽城一樣是用某種人工手段浮起來的島。」

始祖先生如此斷定，我在旁邊點頭。

這樣啊，原來如此。

於是，始祖先生決定去向死靈魔導師打聽進一步的情報。

咦？我也要去？唉，是可以啦。

絲依蓮一家交給哈克蓮招呼，我和始祖先生趕往溫泉地。

首先，死靈魔導師是什麼時候開始在懸浮島生活的？

她似乎不記得詳情了。不過，始祖先生以她還記得的事件進行分析，推測約在千年之前。

在那裡研究什麼？

她說是怨念爐。

我沒聽過，但始祖先生一聽到怨念爐這個名字就一臉排斥。那好像是一種將人的怨念轉換成力量的裝置。而且，非常危險。

露，不要一副很感興趣的樣子在旁邊偷聽。妳什麼時候過來的？一開始就在？咦？是這樣嗎？

從頭來過。

我原本以為是那個叫什麼怨念爐的東西失控才導致懸浮島墜落，但並非如此。

據說死靈魔導師原本滿腹怨恨，為了復仇而埋首研究怨念爐。但是，差不多在距今六到七年前，那股恨意突然消失了。

此後，她似乎都做些悠閒的研究。舉例來說，像讓花的顏色更鮮豔之類的。露，不要露出一副沒興趣的表情。

所以，死靈魔導師主張懸浮島墜落和怨念爐無關，始祖先生也認同她的說法。

「原來如此，既然已經封印起來，怨念爐就不可能失控。那麼，墜落原因究竟是什麼呢……」

嗯～？

聽到始祖先生的自言自語，死靈魔導師大為動搖，彷彿想起了什麼一樣。

難道說，該不會……

怨念爐好像沒有封印起來，就那樣放置著。

7 庫閻坦

始祖先生和芙修回去了，似乎要在假設怨念爐沒離開原處的狀況下重新調查墜落現場，真辛苦啊。

按照死靈魔導師的主張，懸浮島並非以怨念爐為動力，很難想像墜落原因與怨念爐有關……不過，這也要等調查結果出爐。

死靈魔導師表示想和始祖先生同行，可是她在墜落地點那一帶遭到通緝，所以被芙修阻止了。看來是想避免混亂。

總而言之，死靈魔導師留在溫泉地正常活動。

她比出「這是無妨，但總覺得好像忘了什麼」的手勢，讓我有點在意。算啦，等想起來再告訴我。

我回到村裡，進入悠哉模式。

今天晚餐，主菜是烏爾莎做的蔬菜湯。嗯，很好喝喔。

烏爾莎之所以做蔬菜湯，是為了解除攜帶武器的禁令。就我來說呢，原本是打算差不多在秋收之後解除，但是因為沒明講，所以目前等於無期限。

哈克蓮表示這樣太可憐了，於是我提出解除禁令的條件。

條件只有一個，學會做菜。我認為，只要學會任何一種料理，將來一定會有所幫助。

不過，料理要經過審查。只要能滿足我、哈克蓮和安三人就過關。

我和哈克蓮呢，只要是烏爾莎做的，多少有點焦也會給及格，至於安就嚴格了。實際上，這條件等於變成要做出能夠讓安接受的料理。

多虧如此，烏爾莎這段時間一直在學做菜。我有點開心，即使她的目的一點也不像女孩子。

話說回來，貓──萊基耶爾躺在沒用到的土鍋裡是怎麼回事？

似乎是在反省，你幹了什麼好事嗎？很可愛喔。

但是，安在瞪貓。啊，她開始準備水了！快逃！不然要被水煮囉！

晚上。

我利用洗澡前的時間，前往鍛冶場。

因為我要和加特聯手製造一把劍。說是這麼說，不過我是負責柄的部分。

用木頭削成的，已經完工。我將劍柄拿給加特，之後就交給他了。

這是烏爾莎的劍。

要偷偷調查烏爾莎的手有多大，相當麻煩。不，調查本身不怎麼麻煩，從她揉麵糰時留下的手印就量出來了。

麻煩在於，我調查麵糰的樣子被安和其他鬼人族女僕看見，結果她們用奇怪的眼神打量我。我可不是在打什麼壞主意喔，也沒有想到什麼新料理。

在加特的鍛冶場，除了加特與兩名弟子外，還有差不多二十名獸人族在忙。這些人是從「好林村」來的，全都是鍛冶師。

「大樹村」的鍛冶場，他們使用得很開心。由於人數眾多，所以大家輪班，場地二十四小時運作。

因此，原本以為需要數個月才能完工的死靈騎士鎧甲，已經搞定了。

目前，除了部分特別訂製品以外，都是自由創作。

各式各樣形狀的劍、斧頭、釘頭鎚等物，接二連三出爐。這些創作活動的燃料費與材料費，由「大樹村」負擔。還有，餐費與住宿費也是。相對地，創作的成品會上繳給村子。

以村子的立場來說是無妨，但是獸人族遠道而來手邊卻什麼東西都沒留下，這樣沒問題嗎？

完全沒問題。只要能自由製造喜歡的東西，他們就心滿意足了。

實際上，鍛冶師根本沒空自由創作，不做人家訂的東西就沒辦法過日子。為了生活一直做些同樣的東西，好像也是常有的事。

舉例來說，彈簧。

他們說，這幾年一直在做彈簧……抱歉，下訂的就是「大樹村」。啊不，我們不會撤訂單，放心。

山精靈的改造馬車每個月都會賣出好幾輛，而馬車上全都搭載了會用到彈簧的懸吊系統。所以訂單不會停。

何況除了懸吊系統之外，彈簧還有其他用途。

獸人族鍛冶師來這裡自由鍛冶，是為了學習和轉換心情。這倒無所謂，但記得要聽從加特的指示。

十天後，始祖先生和芙修回來了。

他們似乎查出很重要的事實。

「那座島上，除了死靈魔導師以外應該還有另一個人才對。」

…………

我詢問死靈魔導師。

她一副「總算想起來了」的表情。嗯，的確有。

與死靈魔導師一起生活的，名叫庫閻坦。

他不是人類或死靈之類的，而是一把劍。

聽說是被稱為智慧魔劍（Intelligence Sword）的魔法劍，具有自我意識。

死靈魔導師將怨念爐交給那個庫閻坦管理。雖然是交給他，然而並不是劍會像傭人那樣打理的意思。好像是劍會直接連結怨念爐加以控制。

然後，就放著不管了。

…………

這樣啊，放著不管啊。不，我知道死靈魔導師妳沒有惡意，對我道歉也沒用。去向庫閻坦道歉吧。

妳看，他就在這裡。

我手上有一把劍。

智慧魔劍庫閻坦。與始祖先生同行的芙修把劍帶來村裡。

這把劍似乎會占據接觸者的意識，他們做了很多安全措施才帶過來……可是我不小心碰到了。

不過，我沒受到影響。始祖先生和芙修很驚訝，而最驚訝的是庫閻坦。

為了占據我的意識，庫閻坦做出許多嘗試，但是好像全都不行，所以放棄了。以我的角度來說，就像只有我一個人不會被催眠一樣，有點寂寞。

在那之後，庫闍坦囉唆地講了一大堆。

總之呢，庫闍坦要我把他擺在最好的地方，於是我打算把他掛在宅邸牆上，結果他不動了。

我問他怎麼回事，結果庫闍坦小聲地這麼說道：

「笨蛋，別跟我說話。我只是一把普通的劍。」

我起先還想他在胡說什麼，後來才發現庫闍坦是意識到掛在牆上的劍。

古隆蒂尾巴化成的劍。

喔，原來是覺得那裡比較好啊——於是我把古隆蒂尾巴化成的劍拿下來，結果庫闍坦屈服（斷掉）了。物理上和精神上都是。

「請饒了我吧，兩把劍級別差太多了。」

之後，我要庫闍坦答應不再未經許可占據他人意識，隨即拜託加特他們修理。剛剛才把劍拿回來。

死靈魔導師把庫闍坦拿在手裡。

「死靈魔導師大人，好久不見了。」

「嗯，好久不見。咦？感覺劍刃好像比以前更有力量……」

「啊，您看得出我的變化？他們用上龍鱗粉末，讓我的力量稍微增強了喔。唉呀～真想找個什麼東西試砍呢～」

「那麼，要不要試著拜託死靈騎士先生？他的劍術比我高明喔。」
「咦？真的嗎？太好啦～！」
即使應該是死靈魔導師與庫閻坦在對話，可是從我的角度來看就像庫閻坦在自言自語。
畢竟死靈魔導師沒辦法用魔法以外的方式發聲嘛，大概是庫閻坦代為出聲吧。
啊，這樣挺方便的。或許還能聽到沒辦法說話的死靈騎士開口。之後讓庫閻坦試試看吧。
總而言之，死靈魔導師記得向庫閻坦道歉。至於庫閻坦……啊，你想留在死靈魔導師身邊是吧。

閒話　庫閻坦，行動！

我的名字是庫閻坦！
有自我意識的劍，智慧魔劍庫閻坦！
現在！我負責管理怨念爐！我雖然是為了打倒所有敵人而誕生的劍，卻因為有自我意識！因為不會死！因為不會受到怨念爐影響！被當成方便的工具！不，我本來就是工具，所以對於被當成工具這點沒意見！但我要質疑用途！身為一把劍，我希望能被用來砍些什麼！啊，不，死靈魔導師大人，不是用來割繩子之類的。我是為了打倒敵人而生！這是一座浮在空中的島，敵人不會來？或許是這樣沒錯……

啊，是，我會努力工作。

究竟持續了多少年呢？我記得應該超過五百年，差不多有一千年吧？怨念爐沒問題，狀況良好。它持續產生龐大的能量，並不斷地灌入儲存槽。

……儲存槽差不多要滿了。死靈魔導師大人～再不換儲存槽就危險囉～

沒有回應，是不是出門啦？這樣下去會爆炸，所以我沒有讓產生的能量繼續灌入儲存槽而是直接捨棄。即使浪費，但總比讓它爆炸來得好。反正死靈魔導師大人遲早會過來吧。

死靈魔導師大人沒來。差不多五年了。

……等等，這是怎麼回事？以前隔得再怎麼久，至少每年會來看一次怨念爐的狀況。

死靈魔導師大人死了嗎？不，她早就死了，可能是被淨化之類的……用詞不重要啦！考慮到死靈魔導師大人那種根深蒂固的仇恨，實在無法想像她會自裁或自我淨化！換句話說，她是遭到別人淨化！或是被封印！事態嚴重！啊，真恨我這個不能動的身體！怎麼辦，該怎麼辦才好啊啊啊！

…………

無能為力。我能做的只有操縱怨念爐，再來就是把怨念爐產生的能量像這樣丟出去。

啊，差點打到龍，糟糕，牠說不定會生氣而攻擊這裡！

…………

……………

龍飛走了，還好，真是危險。

嗯？用這招嗎？就算沒有龍那麼強也沒關係，找個對象惹他生氣，讓他攻擊這座島。然後，只要讓他碰到我，剩下的都不是問題。

喔喔！是個好主意嘛！

那麼，馬上就……

…………周圍沒有東西在飛啊。

我想也是，因為一直很和平嘛，剛剛那頭龍是特例吧。

可是，就算是我也應付不了龍。那種怪物交給專門屠龍的劍就好，所以我不會不甘心。

總而言之，為了以後什麼東西過來都能應對，先做好準備吧。

首先把怨念爐的能量……試著集中到我身上？應該沒問題吧。

當然有問題。

爆炸了，島也墜落了，好慘。不過，我沒事。我對於自己的堅固程度有自信。但是，危機來臨。

囤積怨念爐能量的儲存槽就在眼前。墜落導致儲存槽裂開了。這玩意兒，如果破了會爆炸吧。

要是待在爆炸範圍內，搞不好會死……說「死」行嗎？大概行吧。搞不好會死，大危機。

怎、怎……怎……怎麼辦？

就在我驚慌失措時，來了個陌生男子。好機會。快、快碰我！

唉呀，劍突然說話會不會很可疑？不，要是錯過就糟了，這種時候要有膽識！

「這邊掉了一把看起來很貴的劍喔～」

很好，成功吸引男子的注意力了！

他……碰到我了！占據意識！握住我，然後逃跑！

嗯？怎麼，還有別人啊？雖然和我無關……真是的！

「這裡要爆炸啦！快點逃啊啊啊啊啊啊！」

不知為何被逮捕了。

遭到我控制意識的男子，好像被當成引發爆炸的犯人了。抱歉。

儘管我離開了男子的手，但是還占據著他的意識。嗯～

總而言之，把他放出來吧。我努力過了，可是馬上就被逮捕。

科林教派來的部隊太強，該怎麼辦才好？

在我煩惱時，來了個看起來地位很高的神官。只是稍微看一下，就曉得他的力量很強。可能和龍相當，或是在龍之上。

要占據他的意識大概做不到吧，對此我實在無能為力。

我假裝成普通的劍，等待機會。

………不好。

我是智慧魔劍的事穿幫了嗎？他們鄭重其事地將我保管起來。

不，會不會只是將我當成魔法劍？畢竟看上去是把很貴的劍嘛。

………

我被帶到某個森林中的村落。這裡是哪裡？不，這裡是怎樣？這裡的人都是一看就讓我覺得沒辦法占據意識的強者。

沒有比較脆弱的傢伙嗎？有吧？沒有我就要絕望了。這時候該向神祈禱嗎？

嗯？有了！喔喔，不管怎麼看都是個村民！拜託囉，拜託碰我一下……咦，這隻貓是怎樣？別亂碰我。占據貓的意識也沒意義。

喔，村民想抱起在玩弄我的貓，結果碰到我了……哼哈哈哈哈哈哈哈！

……怪了？怪了？咦？占據失敗？

「這是怎麼回事？」

我忍不住說話了。

神官問了我一堆問題。

抱歉，我沒打算幫你們。我有我的目的。沒錯，就是幫死靈魔導師大人報仇！在那之前，我要養精蓄銳！

哼，占據不了就算啦。那邊的村民，去找個好地方把我放著，別隨便亂擺喔。掛在牆上？嗯，還不壞。角落不行喔，掛到正中央。

…………

嗯嗯嗯？

…………

我決定裝死。笨蛋，別跟我說話，我只是一把普通的劍。掛在牆上的劍，級別和我天差地遠，就連接近都讓我自慚形穢。

啊，慢著。村民，你想做什麼？咦？把我換到那把劍的位置……等一下。等等，等等啊！唔喔喔喔喔喔喔！慢著，聽我說！拜託你聽我說話！不要嫌我吵啊啊啊啊！

我決定把「為死靈魔導師大人報仇」一事忘掉，自我了斷。照理說靠我自己的力量大概動不了，我還是盡力這麼做了，我實在沒辦法承受。

村民做的事，等於要國王陛下把位置讓出來。懂嗎？不懂？不懂嗎……這樣啊。唉，畢竟他傻到會稱呼那個和貓玩的男子為魔王嘛。

我雖然毀了自己的劍身，卻還活著。

不過，已經淪為只有劍柄的廢物。請把我放到角落。對，垃圾桶裡也沒關係。嘿嘿，像我這種小角色，放在那種地方剛剛好啦。

叫我不要自卑？就算你這麼說……如果答應不再未經許可占據他人意識，就把我修好？

要答應是可以，但要把我修好可不容易喔。技術高超的鍛冶師……這裡有好多。

復活！太好啦！

還有，沒想到村民……不是村民，是村長。

村長居然知道死靈魔導師大人在哪裡！喔喔喔！還活著……儘管沒有生命，但是她還活著啊！太好了。真的太好了。

是，只要能和死靈魔導師大人見面，我什麼都說，麻煩您了。

就這樣，我重新回到死靈魔導師大人手裡。真開心。

死靈魔導師大人，您給人的感覺變了呢。啊，我也變了喔，看得出來嗎？他們用上龍鱗粉末，讓我的力量稍微增強了喔。哈哈哈。

真想找個什麼東西試砍呢～啊，森林裡的樹不行。還有，龍鱗做的盾也不行。

因為會讓我灰心。

8 小事件

透過庫闇坦的代言與補充，我們對於死靈魔導師之前生活的島多了些認知。那座島是人工島，類似太陽城那樣。

製作者不明。死靈魔導師發現未啟動的島之後，便將它啟動。

關於這部分，庫闇坦記得比死靈魔導師還要清楚。

根據死靈魔導師的說法，當時她受到想毀掉整個世界的恨意驅使，一再做些莫名其妙的事。

有點恐怖。我雖然想知道是誰讓她這麼怨恨，不過她好像已經忘得一乾二淨，覺得都無所謂。那就不必勉強人家想起來了吧。

庫闇坦的製作者，同樣不明。

根據庫闇坦表示，似乎是個有點奇怪的魔法師集團。可是，他不記得詳情，或者該說他的記憶好像被抹消了。他連自己完工的時代也記不清楚。

至於是什麼時候遇上死靈魔導師的，詳情他同樣不記得，只知道差不多是一千年前。嗯～聽了這些會讓人的時間概念出問題。

死靈魔導師為什麼會遇到這把劍，令人有點在意。

既然是魔導師，代表她是施法者，感覺和劍沒什麼緣分。

老實地開口詢問之後，死靈魔導師便一臉懷念地告訴我。

「在我活著的時代，魔法師也要會劍術或格鬥技喔。純靠魔法就能活下來的，只有極少數。」

原來如此。

實際上，死靈魔導師的劍術相當高明。雖然敵不過死靈騎士，對上格魯夫和達尬卻能輕鬆取勝。好厲害。能不能教教我啊？

順帶一提，如果不占據持有者的意識，庫閣坦就只是一把會說話的劍。

……………

說話有意義嗎？

「有啊！提供建議！」

喔喔，像從架勢看穿對手的流派嗎？

「不，像出門時提醒人家有沒有忘記帶東西之類的……戰、戰鬥中多嘴只會讓人分心吧！」

抱歉。

庫閣坦斷過一次之後……不，是看過我的「萬能農具」之後？對我說話就變得比較有禮貌了。但偶爾還是會變回原來的口氣。我倒是不在意，講話輕鬆點就好喔。

說到講話，我有個疑問，庫閻坦能不能為死靈騎士代言？

結論，做得到。

先前我都要解讀他的手勢，這麼一來非常方便。只不過，我得小心不能太依賴庫閻坦。

如今，死靈騎士的手勢已經到了能當成才藝的境界。我個人認為，讓這種才藝失傳實在可惜。

為了管理傳送門而常駐溫泉地的墨丘利種阿薩，也點頭附和。

獅子一家，你們也這麼想吧？

如果庫閻坦不止一把，倒是能考慮讓死靈騎士隨時配戴，但畢竟只有一把。而且，庫閻坦本人堅持不肯離開死靈魔導師身邊。所以，他只能偶爾替死靈騎士代言。

「大樹村」的上空，有一群龍在編隊飛行。

德斯、基拉爾與萊美蓮飛在較前面，哈克蓮、絲依蓮、馬克、德萊姆、葛菈法倫、賽琪蓮、廓倫、德麥姆、廓恩、拉絲蒂和海賽兒跟在後頭。儘管不像天使族的編隊飛行那麼整齊漂亮，卻很有震撼力。

火一郎、古拉兒與拉娜農看見之後，嘴巴張得大大的。古隆蒂看著他們三個的樣子，面露微笑。古隆蒂好像對於編隊飛行沒有自信，所以婉拒了邀請。

德斯他們也像天使族的編隊飛行那樣，轉換了隊型。即使不如天使族那般靈巧優雅，但意外地有種高尚感。

「大樹村」的居民們也抬頭望著天空。我想，「一號村」、「二號村」與「三號村」的居民應該也一樣吧。事前有通知過，所以沒造成混亂。

正當我這麼想的時候，德斯他們卻聚在一起，同時吐出火球。

…………

這個沒有先通知！喂——！你們在搞什麼啊？驚喜？呃，確實嚇了我一跳沒錯啦！火球太過頭了吧！

咦？啊……火球沒落地，在空中就消散了。

原、原來如此，是表演啊，那就好。

…………

有一顆火球沒消失耶。

它掉進森林裡了耶？停！快下來！我不問誰是犯人！來人把我載到火球掉落的地點！我要去滅火！

場面有點慌亂。

在「大樹村」，除了各種族代表齊聚一堂的種族會議之外，還有一個大型會議。只有我和為我生孩子的人，才能參加的母親會議。孩子們不能參加。

這個會議所論的主要與輪班和孩子的教育有關。關於輪班的部分我想保密，這次的重點是孩子們。

之前就一直覺得烏爾莎急著長大，現在知道理由了。

「因為我想進爸爸的房間。」

的確，我房間不管白天晚上都禁止孩子們進入。理由請自行體會。這不是欺負他們，而是為孩子們的教育著想。

因為想進我房間所以想要早點長大……聽到烏爾莎這個答案的大人們，內心十分驚慌。而且，還有後續──

「問我進去要做什麼？那是祕密。」

於是召開了這次會議。

話先說在前面，烏爾莎是我女兒，以上。

之後，她們徹查我有沒有可疑的行動。為什麼大家對我的行動比我自己還要清楚啊？小黑的子孫們與座布團的孩子們也幫忙蒐集情報。

結果，洗刷了我蒙受的不光彩嫌疑，太好了。

不過既然這樣，為什麼烏爾莎會想進我房間？

哈克蓮問出了答案。

「因為我聽說爸爸房間有祕密通道。」

好像是這樣。

知道烏爾莎還是個孩子，讓人鬆了口氣。

母親會議解散。

於是我有了另一個房間——能讓孩子們出入的房間。當然，附設祕密通道。

高等精靈與山精靈們煞費苦心，密室、暗窗、暗櫃等等一應俱全。

…………

這是忍者機關屋嗎？

假如能讓孩子們高興，倒也無妨。

若這樣能讓烏爾莎不再急著當大人就好……可是我聽人家說，小孩總是在不知不覺間就長大了呀。

9 烏爾莎的料理

秋收開始了。

手邊有空的村民們全體出動參與收成作業。天使族的瑪爾比特、琳夏、蘇爾蘿與菈茲瑪莉亞也參加了。德斯他們也來幫忙。

這次，葛菈法倫一馬當先，格外努力。大概是受到德萊姆採收蘿蔔的影響吧……啊，不是。嗯，是那個，不久之前龍族編隊飛行時的失敗。沒讓火球消散的，原來是葛菈法倫啊。因為萊美蓮在生氣所以說不出口吧。

所以，我不會說出去。收成作業就麻煩妳照這樣繼續努力囉。

「南方迷宮」的半人蛇族和「北方迷宮」的巨人族也有幫忙。

這麼說來，東方迷宮的哥洛克族怎麼樣了？

以前，曾經安排過和哥洛克族會談，但是他們在前來村子的途中遭到巨大山豬襲擊而負傷，於是不了了之。

原本預定等到哥洛克族恢復之後由我去拜訪……應該差不多恢復了吧？找時間確認一下吧。

現在先專注在收成作業上。

妖精女王，妳幫忙採收柿子我很高興，可是妳吃掉的是不是比放進籃子裡的還要多？覺得軟柿子比硬柿子好？我比較喜歡硬一點的柿子耶。

…………

不是這個意思，我是要妳別再吃了。

小黑的子孫們和座布團的孩子們都很羨慕地看著妳對吧？不，我不是要妳分給牠們。

收成結束之後，就會對作物進行加工，像油、砂糖、地瓜乾、柿餅等等。

小麥也會磨成麵粉。

採收的高麗菜與白菜，有一部分會拿到蓄水池。這是池龜們冬眠之前的食物，冬眠前必須吃飽嘛。

池龜們大嚼高麗菜和白菜，眼睛閃閃發亮。

數量明明不少，卻一下子就沒了。要再來一點嗎？池龜們雖然表現得很客氣，但還是把我追加的高麗菜和白菜吃光了。牠們的吃相看起來挺愉快的。

世界樹上的那些蠶，也開始準備過冬。

牠們在世界樹樹枝的下方，用和樹枝同樣顏色的絲做了繭。蠶會待在這些過冬用的繭裡度過冬天。

明年見。

在我旁邊，不死鳥幼雛艾基斯很生氣，勝負要留到明年春天了呢。

艾基斯就交給鷲……不在？真稀奇呢。

正當我這麼想時，卻發現鷲在遠方的天空。

牠起先在同一個地方盤旋，接著突然俯衝而下。喔喔，似乎是逮到一隻相當大的長牙兔。

鷲用腳抓住那隻兔子，帶回村裡。

最近村裡都會準備鷲的食物，所以不需要打獵，但牠還是會像這樣幫忙。感激不盡。

原本呢，這隻兔子應該會交給高等精靈，這回卻擺在艾基斯面前。艾基斯爬到那隻兔子身上，拔兔子的毛。拔啊、拔啊、拔啊。雖然沒拔掉幾根，但牠還是要拔！

然後，踩在兔子身上的艾基斯，露出心滿意足的表情。看來牠的心情變好了，不愧是鷲。

之後，高等精靈們回收了那隻兔子。

至於受損的兔子皮……這點程度的損傷很普通？艾基斯拔得很努力耶……牠不是惡作劇，別罵牠。

烏爾莎腰間有一把新的劍，配合她目前體型的劍。

解除攜帶武器禁令的同時送她的，希望她好好愛惜。

烏爾莎的攜帶武器禁令之所以解除，是因為她做出了讓安滿意的料理。

其實，我對那道料理給了點建議。

對於烏爾莎來說，切、炒、拌並不難，難在火力調節。不管做什麼料理，她的火力都會過強。所以我教了她一道用大火也能做的料理。

炒飯。

只需要先把食材切好，再依序丟進加熱的平底鍋裡翻炒，火愈大愈好。不過，動作不夠快會燒焦。

這很適合烏爾莎。

她靈巧地操縱炒飯用的炒菜鍋，完成了炒飯。我想，應該比我做的還要好吃。而且，這點也得到安的認同。

「主人您太寵女兒了。」

安面帶笑容，但我心知肚明。

這句話是在責備我。

不是怪我給烏爾莎建議，而是怪我之前都沒告訴大家有炒飯這道料理吧？看來是這樣。

不不不，一來以前米的收穫量少，二來煮好的米飯要多一道調理手續很麻煩。是，我這就教。炒菜鍋也會準備好。

連著幾天，午餐和晚餐都是炒飯。

基拉爾要回去了。

畢竟原本早就要回去了，是因故延期嘛。從各方面來說都很抱歉。還有，謝謝你幫忙採收。

變成龍的基拉爾，背上載著不少作為土產的農作物。

基拉爾和古隆蒂與古拉兒惜別了約兩小時後，終於啟程。

緊接著，絲依蓮一家、賽琪蓮一家與德麥姆一家也回去了。

他們雖然還想再放鬆一下，不過好像各有各的工作。我也不方便挽留，所以將土產交給他們之後，便目送他們離去。

剩下德斯、萊美蓮、德萊姆與葛菈法倫。

葛菈法倫似乎已經看準萊美蓮心情好的時候，為編隊飛行時的失誤道過歉了。此刻她正愉快地逗弄孫女拉娜農。

德萊姆被拉絲蒂找去幫忙做柿餅。萊美蓮……正在和德斯說話。

聽起來是要正式搬來這裡，但我決定在定案之前當沒聽到。

儘管萊美蓮很寵火一郎，但也有嚴格的一面，不是單純溺愛，該教訓的時候還是會教訓。

而且，對別的孩子們也是。所以，她不太受火一郎以外的孩子歡迎，或者該說孩子們怕她。不過，大人們倒是很歡迎她。

畢竟，她同時也是養大哈克蓮、絲依蓮、德萊姆、賽琪蓮、德麥姆五個孩子的母親。所以，萊美蓮在許多方面受到大家倚賴。她似乎也暗爽在心底。

可是，始祖先生看見之後，露出難以言喻的表情。

「我覺得，『孩子們好像有點叛逆』這種事不該找神代龍族（Ancient Dragon）的權威商量耶……」

別放在心上。

10 問候

座布團和牠的孩子們來做冬眠前的問候。

已經到這個時期啦？有點寂寞呢，春天再見吧。我知道，我會期待春季遊行的服裝。

還有，沒冬眠還醒著的座布團孩子們，不要逞強，外出時要記得帶保溫石喔。

紅裝甲、白裝甲，我知道你們不怕冷，不過就待在屋裡守門吧。放心，就算這樣你們還是守衛。

接著，池龜們也來了。

你們也要冬眠了嗎？不用一口氣全部冬眠也……不，也不能阻止你們啊，抱歉，春天再會吧。

我巡視村子，發現在外面的史萊姆數量不多。大概是移動到暖和的地方了吧。

現在，會在戶外晃的的史萊姆都是不怕冷的史萊姆。縱使不怕冷，但是到了會降雪的氣溫依舊沒辦法出門。

唉呀，發現一隻冷到發抖動作遲鈍的史萊姆。我將牠回收之後放進宅邸。即使擺在外面也沒問題，但史萊姆同樣是村裡的一員嘛，自然會想伸出援手。

……

或許還有其他怕冷的史萊姆，巡一下吧。

冬天正式降臨。好冷。

不過，宅邸內很暖和，讓人不太想外出。

客房有三組暖桌。

第一組由瑪爾比特、琳夏、蘇爾蘿與菈茲瑪莉亞占據。她們的工作似乎已經全部結束，完全處於休閒模式。

她們個個手裡都拿著矮人們釀的酒，暖桌上還擺著烤牛肉……不，因為是兔肉所以應該是烤兔肉？另外還有雙六的圖板與棋子，原本大概在玩雙六吧……好像是對格子上的內容有所不滿，所以玩到一半就丟下了。畢竟只是遊戲，不要放在心上。

不過，在雙六格子寫上「地位被女兒搶走」、「孫子碰上心懷不軌的異性」這種內容的人是誰啊？

第二組暖桌由德斯、萊美蓮、德萊姆與古隆蒂占據。

暖桌上擺著麻將用的桌板，看來是在享受麻將之樂。可能有賭注吧，他們全都一臉認真。切牌的表情有點恐怖。

葛菈法倫似乎到了非回去不可的時候，正在拉娜農那邊依依不捨地道別。

我聽說她要回去已經是兩天前的事了，還沒出發啊？

最後一組暖桌，則是布兒佳、史蒂芬諾與德萊姆的管家古吉。

暖桌上擺著羊羹和茶。羊羹還處於試做階段，在我看來差強人意。不過村民們的評價倒是很不錯。比較甜的受到妖精女王和孩子們歡迎，甜度較低的則受到部分大人們歡迎。

而古吉喜歡甜度比較低的，正滔滔不絕地對布兒佳和史蒂芬諾講解這種羊羹的好。話雖如此，古吉在吃紅豆年糕湯時卻喜歡甜一點。根據本人的說法，年糕的影響很大。

我房間的暖桌，遭到小黑和小雪占領。

小黑一看見我就讓出位置，於是我決定在裡頭窩一下。

……

妖精女王仰躺在我對面。居然在別人的房間睡大覺，真是不簡單。

妖精女王的左右兩邊，小狐狸模樣的一重和小貓薩麥爾貼著她一起睡。一重和貓們的感情很好呢。

貓咪們也表現得像一重的姊姊。這是無妨，不過我比較希望一重能和孩子們多交流。

可是，一重化成人的模樣後才三歲嘛。不能勉強她。雖然以年齡來說，她遠比我來得年長就是了。

按照她母親陽子的說法，時間到了之後似乎會一口氣長大成人，要等到什麼時候就不清楚了。而且孩童時期愈長以後就愈強，所以陽子不怎麼著急。

就我來說，看不見孩子的成長會有點失落就是了。

可能是聽見了我的嘀咕吧，陽子在我面前化成各種不同年齡的樣貌。五歲左右的陽子、十歲左右的陽子、十五歲左右的陽子、二十歲左右的陽子。

「長大成人之後，這點小事隨心所欲，不用在意。」

陽子笑著說道。是這樣嗎？

當天晚上，我遭到看見陽子變身的露質問。

我沒有外遇喔。

咦？不是這個？

可是，說到改變身體的年齡，哈克蓮和拉絲蒂也做得到…………啊，原來如此，抱歉。

露的變身最棒！

我一邊回想這些事，一邊在暖桌裡窩著取暖。

薩麥爾在這裡，代表魔王還沒來吧？魔王似乎要在近期帶夫人造訪，所以常來商量和準備。照理說今天應該也會來才對……這時候，薩麥爾醒來並離開房間。

看樣子魔王來了，我也得過去。

酒史萊姆鑽進我起身空出的位置。

這裡沒酒喔。

嗯？為什麼你知道藏酒的地方？昨天才藏的耶！

一番討論過後，魔王決定在三天後帶夫人過來。

到時候，獸人族的戈爾、席爾、布隆好像也會一起來。

除此之外，還有十二人。

這十二人想在「五號村」和我見面。帶來村裡也無妨啊？不不不，我沒有要強迫人家。了解。

所以呢，要在「五號村」見那十二人的目的是？婚前問候？誰結婚？那三個獸人族？

…………

上次回村時，他們好像有提過類似的事……這樣啊，當年那三個小孩要結婚啦。

嗯，詳情我直接問他們三個吧。

話說回來，我想確認一下……不，我知道席爾的對象很多。他有婉轉地向我尋求建議。這部分不追究，我會聽本人說。

只不過，我想先做好心理準備。所以要確認。

這十二人，總不會全都是結婚對象吧？這人數有把對方家屬包含在內吧？畢竟四天王荷的名字也在裡面嘛。

結婚對象是荷的妹妹或堂表姊妹吧？

閒話　魔王之妻的來訪

我的名字叫安妮・羅修爾。擔任加爾加魯德貴族學園的學園長，同時也是魔王的妻子。

身為魔王之妻，我對老公感到抱歉，卻也有所不滿。

畢竟我只是結婚對象突然成了魔王，並不是想和魔王結婚。儘管如此，卻連名字也變了。

然而事情已成定局，這也無可奈何。為了心愛的老公，我會盡力而為。

我和老公談過無數次。

最後，雖然要過著近似於和老公分居的生活，但我還是接受了。反正他常常來看我，而且想見面的話隨時都見得到，所以不至於感到寂寞。

若要說寂寞，就是我們的獨生女優莉吧。她在我心中明明還是個孩子，不知不覺間已經從學園畢業並且出外工作了。

即便想為了女兒的成長而高興，卻難掩寂寞。

某天，老公邀我出外旅遊。

說是旅遊，不過是當天來回，好像是克洛姆伯爵會用傳送魔法接送。

這個提議很有吸引力，但時機不巧。

現在是夏天。

參加建國祭已成為學園的正規行程，所以我們忙著準備。

不過，硬要擠應該還擠得出一天……不，我會排假。這麼告訴老公之後，他卻回答我，雖然是當天來回，但是之後恐怕需要多休息個兩天。

…………

他想帶我去哪裡啊？無論如何，要休三天實在有點難。

秋天要送走畢業生，同樣很忙。

通常學生大多會在既定時間畢業，但是有學生突然必須畢業的時候，就會來找我。

儘管在最糟糕的情況下，也只是讓學生等三天……但是所謂「突然必須畢業的學生」，是指那些必須繼承爵位的學生、必須結婚的學生等等。晚一天畢業會改變他們的人生，我希望能儘量避免這種事發生。

因此，我要留在學園。拒絕老公的邀約，真的令我很難受。

不過，因為突然有了十幾個想畢業的學生，所以我留在學園是正解。

還有一件事令我驚訝。

沒想到妳會畢業……真的找到對象了嗎？不是詐騙吧？我聽人家說，太焦急容易中這種圈套喔。對方的身家沒問題嗎？不要笑，我是真的很擔心妳。

一想到老朋友可能會哭著回來……就讓我很不安。

此外，我還因為學園教師惹出的問題被找去兩次。

惹事的就是那三個。

即使很不想這麼說，但我留在學園是正解。

冬天。

總算能排出三天假了，呵呵呵。

於是我開始準備。

當天要穿的衣服，還有替換用的，畢竟不知道會碰上什麼事嘛。

根據老公的說法，是要去有熟人在的村子。

特地邀我同行，是因為風景很美嗎？還是說，那裡的食物很好吃？真期待。

但是，不能掉以輕心。

魔王之妻這個身分，有可能被人盯上。我無法忍受自己拖累老公，必須做好萬全的準備。

出發當天。

不知為何老公替我多帶了幾套更換的衣物，那個地方有這麼髒嗎？

然後有三個眼熟的獸人族。

他們要一起去？我稍微有股不祥的預感。

然而，事到如今也不能說不去。

我們向前來接送的克洛姆伯爵打招呼後，開始移動。他的傳送魔法還是一樣精湛。

傳送地點是村外。

雖然老公和克洛姆伯爵好像已經建立起可以直接傳送入村的關係，但是有初次造訪的我與三名獸人族同行，所以直接傳送入村有失禮數。

這個村子……相當大呢，田地也很寬廣。令人不禁想像起冬天以外的季節會是什麼樣子。

……

話說回來，親愛的。

為什麼在抵達這個村子的同時，我帶的七個護符(Amulet)就全滅了？拜託不要露出「我忘記提醒妳了」的表情。護符沒意義所以帶了也是浪費？這是怎麼回事？

還有，村裡村外都有不尋常的氣息。我不認為老公會危害我。那麼是克洛姆伯爵背叛了？一起來的三個獸人族，應該也認識克洛姆伯爵。這代表我徹底中了圈套……三個獸人族跑向村子。

……

呃……迎接三個獸人族的，是一名男性和數名女性。

女性之中有幾個熟面孔，我女兒優莉和克洛姆伯爵的女兒芙勞蕾姆也在裡面。

此時我想起一件事。

以前，三個獸人族以學生身分來到學園的那天。

他們帶來的信，就是出自優莉和芙勞蕾姆的手筆。

我記得，優莉是在「五號村」擔任管理員。芙勞蕾姆聽說也成了某個村子的代官。

換句話說，這裡就是「五號村」？

…………

不管怎麼想都不對吧。

我聽說，「五號村」是一座建在小山上的村子……應該說城鎮。這裡怎麼看都只是個村子，也沒有小山。

山在遠方圍繞此地……怪了？浮在空中的是太陽城？以前的樣子？

我究竟被帶到什麼地方啊？

總而言之，克洛姆伯爵沒有要陷害我對吧？那就好。

既然這樣……親愛的，你有事沒對我說明吧？對，我要求解釋。雖然有很多事想問，總之先回答我一個問題。

不遠處有兩頭龍在打架……沒問題嗎？還是說，那是只有我看得見的幻覺？怎麼沒人在意？

11 排隊打招呼

魔王夫人差不多要到了，於是我往村子的居住區移動。

目的地是居住區南側的出入口之一，我將這裡當成村子的正面入口。

以前是將新田的南邊當成正面入口，不過南邊又造了大樹迷宮，所以露和蒂雅指謫那裡不太適合當入口。

就我看來哪裡都可以，但是不知為何村民們很堅持，於是我採納大家的意見。改天做個氣派一點的門吧。

天氣很冷，我原本想單獨迎接，不過芙勞、優莉還有安也要一起去，謝謝妳們。

嗯？紅裝甲也要一起去？行啊。

小黑的子孫們似乎也想同行，但魔王希望迎接的人數儘量少一點。如果小黑的子孫們同行就要以十隻為單位了。抱歉，這回就不帶你們一起去啦。

當我抵達居住區南邊的出入口之一時，魔王一行人已經抵達。

魔王、應該是魔王夫人的女性、比傑爾，以及三個獸人族男孩。大概是看見我了吧，三個獸人族男孩跑向我。

我以為他們會直接朝我撲過來，但他們看見我旁邊的芙勞和優莉之後便緊急剎車，然後緩步走到我面前低下頭。

「村長，我們回來了。」

歡迎回家。

魔王夫人抵達時好像出了些狀況。

她周圍有些小東西散落在地。飾品的繩子斷掉了嗎？魔王和比傑爾正在幫她撿。

我也想幫忙，不過芙勞阻止我說得先打招呼。

所以我先打了招呼。

魔王和比傑爾已經是熟人了不需要，只需要問候魔王夫人。

魔王夫人先開口問候。

她往前站了一步，挺起胸膛說道：

「庶民，迎接辛苦了！我乃魔王之妻安妮！接下來……唔？」

魔王夫人還沒打完招呼，卻被旁邊的魔王和從我這邊跑過去的優莉堵住了嘴。

然後芙勞和比傑爾並肩站到我面前，將魔王夫人擋在身後。

「非常抱歉，行前說明似乎不夠充分，請稍等一下。」

我按照芙勞的指示，留在原地等待。

能聽到魔王和優莉對魔王夫人解釋的聲音。

貴族語是什麼啊？類似宮廷用語之類的東西嗎？

重來一遍。

「初次見面。我是魔王的妻子，安妮·羅修爾。請多指教。」

魔王夫人很普通地打了招呼。

「我是這個『大樹村』的村長，火樂，歡迎妳的到訪。」

我回以準備好的問候語。

雖然我覺得語氣有點冷淡，不過這是芙勞和優莉監修後的結果，算是普通的應對吧。

再來是各自介紹同伴，但大多數都是熟人，所以我介紹完安和紅裝甲就結束。魔王希望迎接人數儘量少一點，是希望將這部分簡單帶過嗎？

在安的帶領下，我們一邊為魔王夫人介紹居住區一邊往我家移動。

話又說回來，魔王夫人和魔王感情真好呢。一開始兩人只是普通地並肩而行，結果夫人先是握住魔王的手，不知不覺間又變成被魔王公主抱。

我姑且確認一下……如果覺得走路太累，可以準備馬車喔？不是？了解。

總而言之，我對被魔王抱著的魔王夫人介紹村裡的設施。

對面是釀酒工廠，矮人們在裡面釀酒。

那邊是澡堂，村民可以自由使用。

那棵樹是世界樹，樹枝上是蠶繭，不要亂碰。

啊，那裡是訪客用的旅舍，我家是對面那棟比較大的，抱歉有點距離。

咦？喔，在森林裡吵架的是葛菈法倫和拉絲蒂。母女吵架。

吵架的開端是葛菈法倫沒辦法與孫女拉娜農分別而想將她帶走，抱歉讓妳見笑了，她們不會對這裡造成危害，所以沒關係。因為有德斯花了一番工夫布置的結界。

順帶一提，拉娜農正由萊美蓮照顧。

萊美蓮不是只疼火一郎，也很疼拉娜農，只是平常顧慮到葛菈法倫。看來現在正是她疼愛兒孫的好機會。

抵達我家。

小黑的子孫們在門前列隊等待。數量比想跟去迎接時還要多。好乖好乖，抱歉這麼冷還讓你們等。

白裝甲看門也辛苦了。

我一揮手，白裝甲便舉起一隻腳回應。紅裝甲也要回去守門嗎？加油，記得要休息喔。

屋裡很暖和。

魔王夫人應該也冷靜下來了吧。

首先，我為她介紹在大廳等待的露、蒂雅、賽娜、格魯夫與加特。

露和蒂雅是以村長夫人代表的身分打招呼。

平常不在宅邸的賽娜之所以在此，是因為三個獸人族男孩承蒙魔王夫人關照，她要以村內獸人族代表的身分打招呼。

格魯夫和加特是作陪的，所以由賽娜介紹。

本來也要介紹阿爾弗雷德他們，不過事前魔王拜託我省略，所以孩子們就之後再說。畢竟現在是孩子們念書的時間嘛，等到晚餐時再介紹吧。

話說回來，魔王夫人對露、蒂雅與格魯夫好像有點反應過度，是我的錯覺嗎？

再來是帶魔王夫人到客房……啊，想要先換衣服是嗎？

這麼說來，優莉第一次來村裡時也換過好幾次衣服，這大概是他們的文化吧。

放心，客房已經安排好了，請往這邊走。

就由安……魔王要帶夫人過去是吧，感情真好呢。

花了一點時間，魔王夫人才換好衣服來到客房。畢竟女性更衣比較花時間嘛，我不會抱怨。

我要抱怨的對象，是窩進客房暖桌喝酒的瑪爾比特等人。我都說了今天有客人要來，叫妳們克制一點吧？

瑪爾比特她們一直說沒問題，我還在想到底是哪裡沒問題，結果魔王夫人認識瑪爾比特。魔王夫人被嚇得發出怪聲，然後就是一陣破口大罵。

我想也是。加雷特王國的大人物，怎麼可以在這種地方懶散地喝酒呢？我也這麼想。多講她幾句。

啊，矛頭指向琳夏了。

大意是輔佐長應該把族長盯緊一點。不，我認為琳夏已經很努力囉，真的。

魔王夫人好像也認得蘇爾蘿。

她說，被魔王國當作危險分子的天使，不該大白天就悠哉喝酒，應該去做或是策劃壞勾當。魔王夫人，再怎麼樣也不該鼓勵人家做壞事啊。

還有，蘇爾蘿被當成危險分子？我都不知道。

至於菈茲瑪莉亞……也認得。天使族還自稱神人族那個年代的事，魔王夫人都知道，所以比較年長的天使族她幾乎都認得。

只不過，魔王夫人。和對方身體特徵扯上關係就只是在講人家壞話囉。不要說什麼沒用的胸部。冷靜一點。魔王，幫幫忙。

呼。

魔王夫人好像冷靜下來了。她重新向瑪爾比特等人打招呼。沒事就好。

再來輪到德斯他們，不過他們去吵架的葛菈法倫和拉絲蒂那邊了，之後再說。

那麼，這位是……呃，始祖先生的本名是什麼？啊，你會自己來不需要我介紹？那就交給你了。

魔王夫人再度發出怪聲。

現在，魔王正在為夫人介紹貓一家。

貓萊基耶爾，寶石貓珠兒，貓姊姊米兒、拉兒、烏兒與加兒，小貓艾利爾、哈尼爾、賽路爾，以及薩麥爾。

魔王介紹得真詳細。魔王夫人也聽得很專心，還露出笑容。非常燦爛的笑容，或許是來到這個村子之後最燦爛的笑容。他們夫妻都喜歡貓啊？

不過貓姊姊和小貓啊。

我叫妳們都不來，魔王一喊卻全部到齊啊？不，我不是在抱怨。我只是在想，以後妳們來我房間用暖桌要把妳們趕回去而已。

萊基耶爾和珠兒沒關係喔，因為我叫了你們會來嘛。唉呀，只顧貓讓小黑牠們生氣了。畢竟小黑和小雪為了和魔王夫人打招呼，已經等在旁邊待命了嘛。

我摸摸小黑和小雪的頭，請牠們再等一下。

還醒著的座布團孩子們，也排隊等著打招呼。牠們等著用舞蹈代替問候，我也很期待喔。

我叫加爾加魯德，魔王國的魔王是也。

在我旁邊的，則是我的妻子安妮。

安妮雖然比我年長，外表卻顯得幼小。如果以人類來譬喻……大約是十三歲到十五歲的模樣。由於是魔族，外貌固定在年輕的樣子不算罕見。這證明她擁有的魔力龐大，值得自豪。

但她說，身為貴族學園的學園長，那種稚嫩的外表缺乏威嚴，所以平常都用魔法改變自己的外貌，大致上……約是人類三十歲左右的樣貌。

我曾經問她，要重視威嚴的話變成六十歲左右如何？那時她默默地給了我一拳，讓我把胃裡的晚餐全吐到地上。

從此以後，我再也不對安妮的外貌表示意見。不過，這一回我非說不可。

「安妮，妳變回原樣囉。村長會嚇到，快點變身、變身。」

「奇布斯里，我剛剛看見好可怕的東西。」

奇布斯里是我成為魔王以前的名字。和安妮結婚時，我還沒當上魔王。

自從我成為魔王之後，安妮就不再叫我奇布斯里了。儘管有些失落卻也無可奈何。畢竟我是魔王。

久違地聽她這麼喊，讓我很開心。啊，不，重點不在這裡。

「安妮，沒事吧？妳的記憶有點混亂喔。這裡不是我們家，周圍還有其他人。妳該莊重一點……」

「不要。」

糟糕。

安妮完全變回以前的樣子了。她鼓起臉頰，展現拒絕的態度。
我很清楚，這麼一來抵抗也沒用。
唔，不得已。
安妮回神以後的事就別去思考，享受現在吧。
剛好，在我和安妮面前，惡魔蜘蛛的孩子們帶來一場整齊劃一的舞蹈表演。
「奇布斯里，好棒喔、好棒喔。」
「嗯，真的很棒。」
確實很精彩。
而且，小禮帽（Top Hat）和牠們非常相稱。
喔，其中一隻獨自走向前，跳起了單人舞，在鐵板上喀噠喀噠地踩出節奏感十足的踩步聲。
牠腳上穿著鐵鞋，又配上擴大聲音的魔法，所以聽得很清楚。
負責單人舞的蜘蛛擺出漂亮的結束姿勢，原先等在左右兩側的其他孩子隨即列隊而出。
這回是要大家一起踩步？這麼多隻沒問題嗎？雖然失誤不容易被看見……喔喔，腳步聲一絲不亂。
真是了不起。
我毫不吝惜地報以掌聲。
惡魔蜘蛛的孩子們跳完舞之後，輪到龍王（Emperor Dragon）德斯在旁等待。為了向安妮打招呼。

呃，那邊的戰鬥……結束啦？這樣啊。

…………

我看向安妮，她的神智……還沒恢復正常。

要晚點再和龍王打招呼嗎？不，現在這種狀態打招呼會比較輕鬆吧。

我向龍王介紹安妮，安妮也配合著向對方打招呼。

「我是安妮．羅修爾。請多指教。」

還好，看樣子打招呼沒問題，不愧是安妮。

龍王也向安妮打招呼。

「我是龍王，德斯。」

打招呼時，地位愈高話就愈少。

這是為了避免不小心給人承諾，所以我對龍王的招呼語沒有不滿。然而，安妮似乎不是。

「等等，沒人告訴過你打招呼要周到一點嗎？」

…………

我以為要沒命了。雖然來到這個村子之後，這種念頭我已經有過幾十次。

好險，龍王一笑置之。真的是好險。所以啊，安妮，別再說了，拜託妳。

晚餐前。

安妮回神了。

大概是貓咪們帶來的治癒效果吧。我也不知道被牠們治癒過多少次了。安妮，薩麥爾是我的，不要抱太緊。好啦，給妳這個貓玩偶，忍耐一下。這個抱緊也沒關係。

安妮似乎隱約還記得自己出了醜，鬱悶的她把脾氣發在我身上。

我選擇承受一切，我相信這就是愛。

就座用餐之前，我和安妮向那些被安妮冒犯的對象道歉，至於道歉的次數我不願多想。

晚餐是火鍋。

用魔道具加熱的鍋子裡，裝了以味噌為底的湯，以及豬肉、雞肉、魚、白菜、蘑菇、紅蘿蔔、白蘿蔔等多種食材。

聽說叫什錦鍋。

我和安妮、優莉坐在一起。能夠像這樣一家人圍著鍋子，真是不可思議。在王城時完全無法想像。都是因為我當上魔王。對於這點，我一直覺得很抱歉。

只不過，如果我不當魔王，魔王國就會大亂。我是為了避免這種事發生，希望安妮和優莉能諒解。

…………

安妮，妳保持這副模樣行嗎？還是年輕的樣子喔？妳不太想讓優莉看見這種模樣吧？還有，戈爾他們看見之後很慌張……

「我認命了，從各方面來說。關於那三人……為了某個老朋友，我曾用這副模樣和他們接觸過。」

這、這樣啊。

至於優莉對安妮的反應……

「能夠查出在我小時候偶爾會冒出來自稱姊姊的人是誰，真是太好了。」

安妮，妳在做什麼啊？不，就算妳眨眼也……很可愛就是了。知道了，細節先擺一邊，現在就享受火鍋吧。

料變少之後要放麵啊。

「我不太清楚，交給你們了。」

「爸爸，麵條下鍋之前，先放年糕吧。得讓媽媽也嘗嘗看才行。」

喔喔，確實沒錯。

那麼，放年糕！年糕若不分開下鍋就會黏在一起，要小心。啊，安妮。別和優莉談結婚的話題喔。還早。雖然我很羨慕人家有孫兒……

對了對了，白天那一戰，似乎被守門龍(Gate Dragon)打斷了。儘管很佩服他，不過最大的受害者也是他。據說他挺身攔阻妻子和女兒之間的戰鬥。真厲害。我做得到這種事嗎？

對了，安妮。龍王旁邊是颱風龍(Typhoon Dragon)萊美蓮，颱風龍旁邊是古隆蒂。對，就是那個「神敵」。我看過她的龍形態，很誇張喔，晚點去打招呼吧。

嗯？免了？我覺得不用顧慮那麼多……唉，既然妳這麼說了，那好吧。

麵條之後，則是放米飯下鍋收尾。

這種變化正是火鍋的長處。不過，接下來還有甜點，注意別吃太飽。

然後，吃完飯大家一起去溫泉地吧。嗯，要坐馬車悠哉地晃過去也可以，但還是拜託比傑爾吧。溫泉很棒喔，可以治癒日常累積的疲憊。雖然男女分開這點有些遺憾。

啊，不，我沒有特別的意思，單純希望能全家一起泡而已。只是這樣喔。我知道。我不會勉強優莉惹她生氣。

在等待甜點上桌的時候，村長帶著兒女們過來介紹。

阿爾弗雷德。

一看就知道很優秀的兒子，真羨慕。我對女兒沒有不滿，不過也想要個兒子。

儘管不是毫無希望，但是處於學園長這種地位，要懷孕困難重重。優莉那時候我們是排除萬難，然而相當辛苦。若要再來一次，就得多方考慮……今晚商量一下吧。

烏爾莎。

活潑的女孩。

也是需要小心的人物。嗯，需要小心的人物。

即使小心也不見得能夠怎麼樣，至少可以有個心理準備。

明年，她似乎會和阿爾弗雷德一起進安妮所在的學園就讀……沒問題嗎？請戈爾他們多費心吧。

不，是不是該拜託村長派幾個村民去學園？能壓制烏爾莎的……不行啊。不管來的是誰，都只看得到悲慘的未來，先做好心理準備吧。

沒問題，只要做好心理準備就能承受。

飯後，我們一家去了溫泉地。

…………

我忘了把死靈騎士、死靈魔導師，以及獅子一家的事告訴安妮。

安妮啊，抱歉。

妳看～貓咪玩偶喔～快點回神～

異世界悠閒農家

Farming life in another world.

Chapter,3

Presented by
Kinosuke Naito
Illustration by
Yasumo

〔第三章〕

男孩們的婚事

01.五號村　02.深邃森林

1 三人的結婚對象

魔王夫人原本預定當天來回，後來改成留宿一晚。

是不是很中意溫泉啊？餐點看起來也沒問題。

這麼說來，魔王和優莉可能是因為常來村裡所以用起筷子毫無問題，這點我很清楚。不過，連魔王夫人都會用筷子就讓人驚訝了。

一問之下，我才知道是三個獸人族男孩在魔王國王都推廣筷子。原來他們做了這種事啊？不錯嘛。

話說回來，三個獸人族男孩。戈爾、席爾、布隆，我聽說你們要結婚，沒有搞錯吧？

在我發問的同時，席爾拔腿就跑，卻被戈爾和布隆當場撲倒。

「不要啊啊啊啊啊！我不想結婚——————！」

席爾吶喊。

布隆給了席爾一拳讓他安靜下來，戈爾則是低頭向我道歉。

「非常抱歉。結婚當前，席爾似乎有些煩惱。」

煩惱？他不是喊出了「不想結婚」這個結論嗎？

「事到如今，這是不可能的。」

是這樣嗎？

「就是這樣，很遺憾。」

這樣啊……抱歉，席爾。看來我幫不上忙。

「總而言之……我、席爾、布隆，遇上良緣決定要結婚了。雖有點晚，不過容我在此向您報告。」

根據戈爾的報告，戈爾要和兩人、席爾要和九人，而布隆要和一人結婚。

席爾那九人之後再問，戈爾的對象有兩個？

「是的。這個嘛，呃……發生了許多事。」

戈爾的對象是普加爾伯爵的第七個女兒，安德麗小姐。

兩人維持了一年左右的朋友關係，決定以結婚為前提交往時，有人跑來找碴。

來找麻煩的是格里奇伯爵的第五個女兒，琪莉莎娜小姐。

普加爾伯爵和格里奇伯爵是事業上的競爭對手。不過，兩人並未明擺著對立，利害關係一致時也能聯手。

可能是受到老家影響吧，兩家的女兒儘管也各自將對方視為勁敵，但表面上還是相處融洽。雙方關係如此，所以琪莉莎娜用不著反對安德麗的婚事，反倒該樂觀其成。因為和不參與魔王國政治的戈爾結婚，無助於提昇普加爾伯爵的地位。

但是，琪莉莎娜來找碴了，為了阻礙安德麗結婚。

我確認過，她並不是誤以為安德麗被迫嫁給不想嫁的人才出手相助。

理由很簡單，純粹出於嫉妒。

「比我先結婚是什麼意思？」

僅此而已。

不過，安德麗和琪莉莎娜就此開戰，戈爾則被拖下水。

之後不知怎麼回事，莫名其妙就變成戈爾要和安德麗與琪莉莎娜兩人結婚。現在，兩人甚至會聯手防止戈爾逃跑。

戈爾，你的目光好像飄向遠方了耶，沒問題嗎？這樣啊，沒問題是吧。呃……那就好。

布隆的對象，是學園的職員大姊姊。

布隆還是學生時就受到這位職員大姊姊諸多關照，當上教師以後依然如此。

一時之間，兩人還維持教師與職員大姊姊的關係，不過發生一些事之後，職員大姊姊主動求婚。布隆接受了，於是就這麼說定。

…………

普通。真的很普通。啊，慢著慢著，別慌。

職員大姊姊的種族是？不會來個「其實是不死生物」之類的吧？

沒有，普通的魔族女性。只是年紀比布隆稍微大一點而已？大多少？

十五歲。

……沒問題！

但是，布隆。你會喜歡比自己年長的，或許該怪我。嗯，在你們還小的時候，獸人族的女孩們……關於這點容我道歉。

對於我的道歉，布隆和顏悅色地這麼回答。

「不是我喜歡年長的，只是喜歡上的人比我年長。」

……這樣啊，祝你幸福啊。

好啦，問題在於席爾。

對象有九個啊。

……我非聽詳情不可嗎？

不行？這樣啊。我懂了，那就聽吧。

「一開始只有三人……」

嗯，開頭就不對勁，一開始居然不是一個人？

啊，抱歉，繼續說下去吧。

席爾和一開始的三人——艾琳小姐、羅薇雅小姐與珂涅姬特小姐來往時，保持適度的距離。當時他似乎是認為，能和其中一人結婚就好。

可能是察覺到席爾這種想法吧，三人攜手合作，開始朝著讓席爾把三人都娶回家的方向努力。不知情的席爾則是一如往常。不，或許他已經發現。但他對待三人還算公平。

隨著日子經過，包圍網逐漸縮小，此時闖進了第四人。

據說是席爾解決了某個伯爵領地的傳染病問題，伯爵的親戚為了回禮來訪。

所謂的回禮，好像就是成為席爾的妻子伺候他。

我完全不知道有這種事。而且，席爾也不知道。

再來闖入的是第五人。

對方是在某迷宮最深處前一區把守的女性型人工生命體。

與戈爾等人合作攻略迷宮之後，她無處可去，被席爾撿了回來。

席爾當時只是覺得丟下她一個人實在很可憐，對方卻不這麼想。她稱呼席爾為主人（Master），開始表現得像個妻子。

第六人，貿易商千金。

這個很單純。

貿易商的商隊在移動途中遭遇山賊襲擊。儘管商隊護衛超過十人，山賊卻多達五十人以上，再加上遭逢奇襲，所以商隊面臨全滅危機。

此時席爾登場擊退山賊，保住了商隊的貨物。

而且，席爾的強大，令貿易商和他的女兒為之驚豔，進而積極發動攻勢。

雖然戰力強大，但席爾終究只是個孩子。在老練貿易商一番漂亮的引導之下，當席爾回過神時，貿易商的女兒已經留在學園了。

第七人。

席爾踏足人類國家時，認識的沙漠精靈奴隸。

即使魔王國也有奴隸，基本上是犯罪奴隸。這些人是受刑為奴，刑期完畢就會獲釋。

但是，人類國家的奴隸不止犯罪奴隸，還有很多種不同的奴隸，對待奴隸的方式也五花八門。

目睹奴隸遭受的殘酷待遇之後，憤怒的席爾以合法手段打垮奴隸商，解放那些奴隸。

成為奴隸的人們，大半是遭到誘拐，因此高高興興地踏上歸途。據說返鄉資金也是席爾出的，真了不起。

然後，其中一人。

已經無家可歸、無處可去的沙漠精靈，決定和席爾一同行動。原來如此。

儘管話才說到一半，不過打垮奴隸商是怎樣？那個地區的奴隸商，會不會普遍都是那樣對待奴隸？

跑到其他國家，卻因為當地作風和自己國家不同就鬧事，只是單純的恣意妄為喔。

呃，奴隸確實很可憐沒錯啦。

我沒有要你們別救他們。只不過，要是插手自己做不來的事卻被反過來打垮，那可就糟了。更何況還會招來怨恨。希望你們能小心一點。

不過嘛，既然這回是用合法手段，想來錯在奴隸商那邊。沒有動用詐騙一類的手段吧？那就好。

回歸正題，第八人。

被打垮的奴隸商派來的刺客。

…………

對方是獸人族女孩，反過來被撂倒之後就黏上來了，這樣啊。

而且席爾之後有回去收拾那個被打垮的奴隸商，不需要擔心。

第九人。

和席爾一同前往人類國家的冒險者。

她似乎是個魔法師，和席爾搭檔。奴隸商一事也有幫忙，看來是個好人。

主動想當席爾妻子的原因，在於席爾的料理。

好像是拜倒在「大樹村」訓練出來的廚藝之下了。

原來如此。

於是，九人在席爾看不見的地方不斷爭鬥，最後決定聯手。

察覺此事的席爾，終於發現女性的可怕之處。他本能地感到害怕，並全力逃跑，卻被抓住了。逃不出九人的手掌心。

戈爾與布隆也站在抓人那一邊。看來他們的老婆也和她們聯手了。大概是想建立妻子之間的合作體制吧。別叫他們叛徒啦。

啊，嗯，我站在你這一邊喔，好乖好乖。

聽好，愛是無限的，沒有極限，這是基本原則。

先記住這點，然後我傳授你在心中做個櫃子的方法。

什麼樣的櫃子都可以，這個架子用來讓你把珍惜對方的心意放進去。不難。不難喔～

這天，我和席爾促膝長談。

在此之前，我們從來沒有聊過這麼久。儘管沒有血緣，你依舊是我兒子。

嗯，抬頭挺胸吧。重要的是內心那個櫃子，還有公平，別忘記。

唉呀，戈爾和布隆也是我兒子喔，哈哈哈。

2 見面

魔王夫人造訪村子的隔天，我來到「五號村」。

為了和獸人族男孩們的結婚對象見面。

當初是預定在魔王夫人來訪的那天，因為我的任性而往後挪了一天。事前有通知過，所以沒問題。

獸人族男孩們的結婚對象大多住在魔王國王都，因此移動到「五號村」要麻煩比傑爾。謝謝。啊，喝杯茶吧，今天是包場。

我和獸人族男孩們結婚對象見面的地點，是「五號村」的點心店「小黑與小雪」。雖然在陽子宅邸也行，不過那裡太寬敞了。選在「小黑與小雪」，也是為了避免嚇到對方。

除此之外，也算是招待人家到自己經營的店。

與我同行的，包括以妻子身分出席的露和蒂雅，以「大樹村」獸人族代表身分出席的賽娜、兩名文官少女組，以及負責護衛的格魯夫、達尬和五名蜥蜴人。

原本這樣已經綽綽有餘，不過擔任「五號村」代理村長的陽子，與來「五號村」做發酵食品品管的芙蘿拉也在場。好像是來看戲……觀摩的。
此外，還有魔王與比傑爾。
比傑爾沒問題，但魔王是怎麼回事？獸人族男孩們是寶貴的戰力？所以想和他們的妻子打聲招呼？
原來如此。
所謂「寶貴的戰力」，是指棒球對吧？需要特地打招呼嗎…………嗯，我懂了。
既然你這麼堅持，我也不好多說什麼。啊，有件事要講一下。
你面前的鬆餅是第幾份了？
配料一定要草莓果醬？我可沒有問你感想喔。
唉，魔王就算了。
畢竟，那三人好像在魔王國王都受到他不少關照。
真正該在意的不是魔王，而是我明明已經把「小黑與小雪」包場了，卻還是和平常一樣待在店裡的四位常客。呃，你們會自己來所以不需要招呼，但是重點不在這裡……是的，多謝各位常來光顧。但今天是包場……
不行，他們聽不進去。
即便有考慮乾脆列為拒絕往來戶，然而這次包場畢竟是我強迫人家配合。
好吧。我們要在那邊談些重要的事，請各位不要吵鬧。

常客就交給「小黑與小雪」的代理店長姬涅絲塔應付。反正也不是什麼機密，這樣就行了吧。

好啦。

我們在遠離店門的位置，安排了三張桌子。

戈爾桌、席爾桌與布隆桌。由於妻子人數的關係，只有席爾的桌子特別大。

三人與他們的妻子，已經各自就座等我。

首先，我站在能夠看見全員的位置問候大家。我在自我介紹後恭喜他們結婚。

雖然不太擅長做這種事，但我盡力。

在我之後，輪到賽娜問候大家。她的問候語比我來得像樣，真希望我也能做到那種水準。

接著，則是到各桌打招呼。

原本應該是三人和他們的妻子過來打招呼，考慮到人數後改成由我移動。問題在於，一開始該去哪一桌……

我前往布隆那桌。戈爾、席爾，抱歉。我想把麻煩的放後面。

相對地，露去了戈爾那桌，蒂雅則去了席爾那桌。

坐在布隆身旁的，是加爾加魯德貴族學園的職員大姊姊，阿蕾夏小姐。種族是魔族。年齡……比布隆早出生十五年。

對她的第一印象，是個「大概負責文書類工作吧」的女性。平常好像是將頭髮綁在腦後並戴眼鏡，今天因為是婚前問候所以放下頭髮，眼鏡也拿掉了。

儘管有點擔心她沒戴眼鏡會出問題，但是不處理文書似乎就沒關係。

互相打過招呼後，我便將布隆託付給她。即使還有許多事情想問，不過今天主要是見面，所以簡單帶過。

好，下一個。

我前往戈爾那桌，和露換手。

戈爾左邊是普加爾伯爵家的七女，安德麗小姐。戈爾右邊是格里奇伯爵家的五女，琪莉莎娜小姐。

兩人都是魔族，比戈爾大兩歲。

兩人都穿著高貴的禮服，並將頭髮打扮成高貴的捲捲頭，怎麼看都是千金小姐。

琪莉莎娜的捲捲頭份量比較多，但我還是覺得兩人的特徵好像重疊太多。講真的，就算告訴我兩人是姊妹，我大概也不會懷疑。

一問之下才知道，安德麗小姐和琪莉莎娜小姐是親戚，原來如此。

總之，我對兩人說：「希望你們三個能好好相處。」戈爾也要和她們好好相處喔。

打完招呼之後，我叫來兩名文官少女組。

這兩人是安德麗小姐與琪莉莎娜小姐的姊姊。真是奇妙的偶然……倒也不至於。大家都就讀同一所學園，姊姊們和芙勞一起進了我們村子，妹妹們則在學園遇上戈爾，僅此而已。

總而言之，兩名文官少女組以姊姊的身分表示祝賀……怪了？安德麗小姐和琪莉莎娜小姐僵住了？怎麼回事？

兩名文官少女組說大概是太久沒見面所以感到緊張，的確有道理。安德麗小姐和琪莉莎娜小姐也連連點頭。

於是我將這一桌交給兩名文官少女組，自己前往席爾那桌。

我和蒂雅換手，向大家打招呼。

眼前是席爾和九位女性。

嗯，有點麻煩。

還有，呃……我不確定這麼說是否精確，九人都是姊屬性。沒有比較像妹妹的。我原本以為這麼多人總該有一個，但是每一個都像姊姊。

這個嘛，雖然沒什麼大不了……不過仔細一想，戈爾、席爾與布隆的妻子，全都像姊姊。

…………

我告訴自己別太在意，但我還是在心裡向三人道歉了。對不起。

我向席爾周圍的女性們打招呼。
第三人，珂涅姬特小姐。
她其實是魔王國四天王之一，荷・雷格。事前有人告訴我了。
而且，昨天，我向荷本人以及魔王、比傑爾、葛拉茲與藍登談過了。
首先，我問她到底在搞什麼鬼。
結果這人明明沒喝酒，卻花了大約兩小時向我們炫耀未婚夫有多優秀。
嗯，看來荷本人是真的想結婚。這點倒是無妨。魔王、比傑爾、葛拉茲與藍登姑且也都同意了。
之所以講「姑且」，是因為有附帶條件——結婚後還是要繼續工作。荷考慮到自己的立場之後也同意了。基本上，只要現任魔王還在位，她就會留任。此外懷孕、生產、育嬰可以休假。
我之所以提出質疑，則是因為有個疑惑。儘管只是我自己想太多，但還是想確認一下。
「妳設陷阱套牢席爾？」
「沒有。不過，或許有用些戀愛方面的策略。」
這樣啊，策略是吧？嗯……
難以判斷。
總而言之，已經確認荷和席爾都有結婚的意願，所以我也同意了。
不過嘛，就算沒得到我的認可，他們八成還是會結婚吧。

和九人都打過招呼之後，我便將席爾託付給她們。

今天到此為止，因為主要是見面和打招呼。個別詳談就另找機會。

本來應該就此解散，但我要大家等一下。

嗯，來了。始祖先生帶來六名獸人族，有男有女，都有點年紀了。

然後，格魯夫以外的人都露出「誰啊？」的表情。因為這六人並非「大樹村」的居民。

「戈爾、席爾、布隆，你們願意接受他們的結婚祝賀嗎？」

聽到我的問題，三個獸人族男孩似乎猜到他們是誰了。

他們是「好林村」的居民。戈爾、席爾與布隆的雙親。

今天的打招呼之所以延後一天，就是因為找他們來需要花點時間。

由於得到始祖先生的全面協助，移動不是問題。問題在於心理層面。即使有理由，但是讓年紀還小的三人離開故鄉，依舊令他們感到後悔。

六人主張自己沒資格祝賀，於是我、格魯夫和加特試著說服他們。

開始用飛龍和「好林村」聯絡之後，常接到三人雙親捎來的信。他們並未忘記三人，也不是不願祝福三人，所以說服有了成果。

對於戈爾、席爾與布隆來說是個驚喜，不過我有間接打探過。

我沒有一個人做決定，而是和大多數村民商量之後，才決定將六人找來這裡。

……嗯，祝賀的話語不長，不過有找他們來真是太好了。

閒話　琪莉莎娜

我的名字叫琪莉莎娜。琪莉莎娜・蘭德利得・格里奇。格里奇伯爵家的女兒。

那麼這一次，該說事出突然嗎……雖然是數個月前決定的，總之我要結婚了。謝謝。不，並非父母之命，是我自己找到的對象。對方很出色喔，名叫戈爾。他是獸人族男性，擁有「相當於男爵家當家」這種有點特別的地位。

「相當於男爵家當家」和字面一樣，是地位與男爵家當家同等的意思，理所當然會被視為貴族。但是，男爵與身為伯爵家千金的我不相稱。想來就是因為這樣，家父反對這樁婚事。

而且，嫁給他的不是只有我，同時還有另一人，這也是父親大人反對的理由。

至於和我一同出嫁的另一人，則是父親大人視為競爭對手的普加爾伯爵之女，安德麗。安德麗是我的競爭對手，也是我的朋友。我從沒想過，我們居然會嫁給同一個老公。

說實話，算是我介入安德麗與戈爾公子之間。考慮到父親的立場，安德麗與我地位相當，但我選擇自退一步，這樣才是個懂得分寸的妻子。

儘管我時時告誡自己要牢記這點，父親大人卻反對婚事。

要無視父親大人強行結婚也是可以，但是與身為伯爵的父親大人為敵很麻煩，所以我不能這麼做。以我個人的角度來說，我也希望父親大人能夠祝福我們的婚姻。

於是，最後動用了決鬥這個手段。是的，由我和父親大人決鬥。

真不愧是父親大人。沒想到一次決鬥還無法讓他接受，居然需要三次……怪了？還是四次？總而言之，我的手好痛。

不過呢，戈爾公子會治療我的手……呵呵呵。

不管怎麼說，戈爾公子平安無事地和家父打完招呼了。

用鎖喉功制住父親大人的母親大人，您辛苦了。沒錯，我的家人就是如此，今後還請多多指教。

父親大人在家雖然是那副德行，可是工作時就會表現得很可靠。

問題在於，我得去向戈爾公子的父親打招呼。

雖不是親生父親，但這點不重要。重點在於戈爾公子將對方當成父親看待。更何況在貴族社會裡，收養子女並不稀奇。

只不過，一個相當於男爵家當家的人，父親卻是個沒有爵位的村長，這是怎麼一回事？是不是該找父親大人幫忙，讓對方能夠領個爵位？我找安德麗商量，發現她也在想同一件事。不愧是安德麗。

然而，爵位伴隨著義務。而義務有很多種，簡單來說，就是要成為保衛國家的貴族之一。

這點可不是什麼人都做得到。

也有人因為無法盡到這種義務，選擇主動歸還爵位。戈爾公子的父親，說不定會辭退。所以，我們決定暫且觀望。

戈爾公子也常說，自己樂意接受的東西，換成其他人不見得樂意，硬塞給別人不可取。

轉眼間，一切都已安排妥當，到了要問候戈爾公子父親的日子。

由於延後一天，我原本以為心理準備已經萬無一失，卻還是不禁心跳加速。

…………

話說回來，雖然人家告訴我在王城會議室集合，但是地點挑在這裡真的好嗎？這裡不是討論國政等大事的地方嗎？啊，克洛姆伯爵，早安。呃，我之所以出現在這裡……您已經知道了？我想也是，畢竟是在這間會議室集合嘛……那個，克洛姆伯爵也要同行嗎？您負責接送？用傳送魔法？身為四天王的克洛姆伯爵做這種事？

不，那個……我知道克洛姆伯爵您和戈爾公子相熟，然而您的傳送魔法不是機密中的機密嗎？最近大約十天會送葛拉茲將軍到他愛妻那裡一次？啊哈哈哈哈，您真愛說笑。克洛姆伯爵的傳送魔法，是扛起魔王國外交的重要魔法……這也是外交的一環？是這樣嗎？
儘管無法接受，我還是笑著回答：「我明白了。」

這一次除了我和安德麗之外，和戈爾公子情同兄弟的席爾公子與布隆公子也要結婚，大家會同行。
因此，席爾公子與布隆公子的夫人們也先後抵達。
儘管事前有聽說，也和其中幾位見過……然而我還是第一次看見席爾公子的九位夫人們全部到齊。
…………
好像有個不該出現在這裡的人耶？是我的錯覺嗎？呃，最右邊那位是四天王裡的雷格財務大臣吧？您和克洛姆伯爵一樣負責接送嗎？不是雷格財務大臣，是珂涅姬特？
呃…………我明白了。
幸會，珂涅姬特大人，我是琪莉莎娜，請多多指教。
布隆公子的夫人……很普通，令人非常安心。
然後戈爾公子、席爾公子、布隆公子與魔王大人來了。
…………
「為什麼魔王大人會來啊啊啊啊啊！」
我不禁大叫。由於另外還有好幾個人也同時叫出聲，所以不算顯眼，太好了。

仔細一想，魔王大人在場也不足為奇。

畢竟戈爾公子、席爾公子與布隆公子都是魔王大人擔任監督的棒球隊成員嘛，哈哈哈哈哈。

怎麼可能啊————！

唉呀，我的語氣都慌了。不行不行，要冷靜下來。

呃，就算戈爾公子、席爾公子與布隆公子都是魔王大人那支球隊的成員，也只是私交。在王城見面有不同的意義。這麼說來……魔王大人是顧慮到我和安德麗的父親？不可能。

現任的魔王大人很強，甚至被稱為歷代最強。因此，魔王大人根本不需要顧慮我和安德麗的父親。

要說會讓魔王大人顧慮的對象，應該是克洛姆伯爵……或是雷格財務大臣！

這樣啊，有會讓魔王大人顧慮的對象在。原來如此，我懂了，心裡的疙瘩消失無蹤。

換句話說，魔王大人是來鼓勵雷格財務大臣的，絕對不會錯。所以魔王大人，您搞錯人囉。雷格財務大臣的結婚對象是席爾公子。戈爾公子是我和安德麗的丈夫，拜託別聊棒球聊得那麼開心。

閒話　續・琪莉莎娜

我是琪莉莎娜。

雖然發生很多事，不過人到齊了，所以我們出發。

先冷靜下來吧。

接下來要見的人，是戈爾公子的父親。儘管聽戈爾公子說過，他的父親是一位非常溫厚的人……然而也有人對自家人溫厚卻對外人嚴格，不能大意。

我對安德麗使了個眼色。

如果有個萬一要互相幫助，這是確認彼此之間的淑女協定，看來沒問題。

那麼，出發吧！

「五號村」。

由魔王大人建設，公主優莉殿下擔任管理員，將一整座小山納入管轄範圍的巨大城鎮。開始建設至今好像才數年，非常漂亮且充滿活力。

不過，這個「五號村」處處都是謎。

首先是地點。

離「夏沙多市鎮」只有一天路程，但是附近有許多強大的魔物與魔獸。明明還有很多安全的地點，卻在這種地方建立新城鎮，令人費解。

然後是「五號村」的代表。

此人名叫陽子沒錯，但不知為何職位是代理村長。不，真要說起來，為什麼要稱這種規模的城鎮為「村」呢……部分傳言指出，這是為了讓他國誤判此地規模的諜報手段。據說就是因為這樣，所以優莉殿下的職位並非代官而是管理員。

我對這種說法存疑。假如不想引人注意，那麼讓優莉殿下擔任管理員只會帶來反效果。

無論如何，這裡是和戈爾公子父親見面的地點，此事很早就已敲定，沒有任何問題。

問題此刻在我腦中。

該不會我很笨？如果要和兒子的結婚對象打招呼，一般來說會邀請對方到自己家中。換句話說，戈爾公子的父親，就是「五號村」的村長？可是怪了，我聽戈爾公子說是「大樹村」……嗯嗯嗯？

啊！該不會，戈爾公子的父親是顧慮到我們？

我和安德麗是貴族，席爾公子的夫人裡也有幾位貴族。若要打招呼，應該盡可能挑個比較好一點的地方，原來如此。

呵呵，明明不用這麼費心也沒關係的。無論是什麼樣的村子，只要心愛的戈爾公子是在那裡長大，我就能愛上那個地方。

不過，戈爾公子父親的村子會不會離「五號村」很近？畢竟身為村長，不能離開村子太久。假如可以，真希望能看看戈爾公子從小長大的村子呢。

總而言之，克洛姆伯爵使用傳送魔法，將我們帶到一個看似和「五號村」正門有點距離的地方。

我們往預定和戈爾公子父親見面的會場移動。雖然讓人覺得乾脆直接傳送到會場就好，然而不直接移動到街上或村裡似乎是這邊的規矩。的確，如果突然出現在街上會嚇到人嘛。這也是不得已。

努力爬上小山吧。

對方安排了馬車，是戈隆商會販售中的最新款。父親大人也有一輛，還是該說他只能買到一輛？

這樣的馬車，眼前有二十輛。

……………二十輛？一人一輛嗎？

應該是借來的，不過戈爾公子的父親很有錢嗎？

馬車抵達一間招牌寫著「小黑與小雪」的店。

……………

我家情報員盛讚的點心店！咦？這裡就是會場？

可是，情報員的報告指出，這間店向來顧客眾多，照理說不適合當成婚前問候的場地才對。

整間店都被包下來了。

……………

我現在能夠肯定，戈爾公子的父親很有錢。嗯，不會錯。

「小黑與小雪」店內，除了員工之外還有些早一步抵達的人。

我原本以為是戈爾公子的父親，然而並非如此，好像只是常客。明明已經包場卻還能進來是怎麼回事呢？

而且，常客裡好像能看見兩位前任四天王……呃，明白了，我不會放在心上。

魔王大人為我們介紹店長小姐。

這間店的店長……是前精靈帝國的公主？

…………

…………

………………………………

早在魔王大人與我們同行時，我就該注意到的。

我環顧周圍，然後和另外幾位同樣環顧周圍的人對上眼。安德麗、席爾公子的其中幾位夫人與布隆公子的夫人。

我們默默圍成圓圈。這和什麼貴族平民無關，大家團結一致。所以，說話時也是異口同聲。

「雖然有非常不祥的預感，但我們要努力撐過去！」

然後，迎接美好的婚姻生活！

戈爾公子的父親很普通。對，真的很普通。感覺不像村長，比較像村民。

不過，仔細一看會發現他的衣服質料非常好。儘管就像拿一流材料請一流裁縫為村民做衣服那樣不協調，但這種事無關緊要。

站在戈爾公子父親身邊的人，問題要大得多。不是服裝，而是人物。

吸血鬼露露西和天使族的蒂雅？她們不是大鬧人類國家的危險人物嗎？這兩人是戈爾公子父親的妻子？我聽說露露西和蒂雅是曾經在很多地方大打出手的勁敵耶？完全搞不懂。

而且，為什麼「五號村」的代理村長陽子會在這裡？戈爾公子的父親認識她？話又說回來，陽子表現得簡直像部下……不、不要多想。

啊，獸人族的賽娜小姐很普通。雖然武神格魯夫大人站在她旁邊。另外，即使我不願去思考，卻有個不管怎麼樣都沒辦法視而不見的人在場，我的姊姊，排行第二的姊姊。我明明聽說她失蹤了。

而且，安德麗他們家那位和我家二姊同時失蹤的姊姊也在場。儘管年紀和我有差距，不過這兩人的事蹟我耳熟能詳。她們在年紀比現今的我還要小的時候，就已經展現強烈的權力慾。她們不僅想掌控當時就讀的貴族學園，甚至把魔掌伸向王城與軍方。交涉、說服、收買，有時是威脅與暴力。姊姊每次回家都會將成果告訴我們，所以她究竟做了哪些事，我就像親眼目睹一樣清楚。

至於當時年紀還小的我有何感想，用一句話來說就是「太過火了」。姊姊回學校之後，父親大人與母親大人總是會召開家族會議說沒把她教好，這點令我印象十分深刻。家族會議結束後，也必定會禁止提起姊姊她們的事。

這兩位姊姊。

我甚至聽說她們對不該出手的人出手而遭到抹殺，沒想到還活著。真是萬幸。沒流淚是因為我太過震驚。絕對不是因為姊姊還活著讓我感到遺憾喔。問我為什麼發抖？當然是因為和姊姊重逢而感動得發抖。是的，我沒說謊。和姊姊的回憶？嗚，我的頭……埋葬在黑暗裡的過去啊……

儘管發生了很多事，不過婚前問候算是結束了。

太好了，真的太好了。

我們再次圍成圓圈。人數比剛剛那次又多了幾個。沒關係，不用客氣，請加入這個圈圈。我們要團結一致。

這次的打招呼之行，讓我們更團結了。

戈爾公子的父親說已經準備了餐點。真是令人開心。

畢竟今天的打招呼之行，讓我緊張到這幾天都食慾不振。現在放下心頭大石，肚子就餓了。就算不餓，公公的邀請也不便拒絕。

但是，「小黑與小雪」是販賣甜點的店。

這裡感覺不適合吃正餐，好像要去別的店。原來如此。

目的地是「酒肉妮姿」。

那是一間賣肉和酒的店，我家情報員同樣讚不絕口。那裡的酒聽說特別好喝，我一直很想去一次。真是期待。

然後，就在我們準備跟著離開時，待在「小黑與小雪」店裡的常客們卻喊了停。

起先我還在懷疑是怎麼了，後來才曉得離開似乎要按照順序。

依序是戈爾公子、安德麗和我、席爾公子、席爾公子的夫人們、布隆公子、布隆公子的夫人。戈爾公子的父親與他的夫人、戈爾公子他們的生父生母、魔王大人和克洛姆伯爵則是最後？

就在我一頭霧水時……發現外面已經做好了遊行的準備。

然後，我們面前有十輛沒車頂的開放式馬車。好像要坐上車，巡迴「五號村」各地的樣子。

我家是領地不算小的貴族，所以我並不排斥拋頭露面，也有問候群眾的經驗。但是這人數……會不會太多啊？居民排成的隊伍長到可以看出遊行路線呢。啊哈哈哈哈。

啊，安排這場遊行的是優莉殿下嗎？原來如此。

…………

圓圈、圍成圓圈吧。嗯，我們要團結一致。

克服這場考驗吧。

題外話。

戈爾公子的父親，的確是「大樹村」的村長。不過，他好像也兼任「五號村」的村長。

…………

完全搞不懂。

村長還可以兼任嗎？咦？他同時也是其他村子的村長？

那個……該不會……戈爾公子的父親其實不是村長，而是領主吧？

我不懂為什麼要拘泥於「村長」這個稱呼。

3 在「五號村」給予祝福

我向三個獸人族男孩戈爾、席爾與布隆的結婚對象打完招呼。

之後預定是餐會，可是要稍微延後一點。因為「五號村」的居民，已經準備了一場慶祝戈爾他們結婚的遊行。

主導的人是露、蒂雅、芙蘿拉、陽子、優莉與聖女瑟蕾絲。另外，兩位前任四天王好像也花了不少心力。

「小黑與小雪」之所以有常客在，是為了將店內打招呼的進展告知在外面待命的人。仔細一想，當我打算把常客趕出去時，露、蒂雅與陽子也都委婉地護著他們。既然如此，早說就好了嘛。我知道大家想給戈爾他們一點驚喜，但是不需要連我都瞞著吧？

因為覺得我討厭鋪張……原來如此。確實有這種可能。不過，若是為了慶祝戈爾他們結婚而舉辦遊行，我就會幫忙啦。嗯，我沒騙人。反正遊行也不是第一次了。

我坐的馬車比戈爾他們的更華麗是怎樣？主角不是我，而是戈爾他們耶？啊，不是……露，不要露出那麼難過的表情，我坐就是了。

是敞篷馬車呢。

和我同乘一輛車的是魔王與陽子。有魔王和陽子在，我應該不至於太顯眼吧。我就假裝自己是魔王的秘書撐過去吧。

實在沒辦法。

陽子也就罷了，為什麼魔王表現得像我的秘書啊？這不是很怪嗎？啊，要對那邊揮手是吧？了解。

我原本以為遊行路線是從「小黑與小雪」到「酒肉妮姿」，結果繞了「五號村」兩圈半。

「五號村」大半居民都來看遊行，而群眾後方還有大量攤販。

受到大家歡迎令人高興，但是有必要辦得這麼盛大嗎？似乎有。

首先，婚事要讓周遭都知道才有效，只有當事者之間的承諾好像不夠。所以，還要在「五號村」的教會向神報告並得到祝福。

確實，報告很重要。

始祖先生和瑟蕾絲已經在教會做好準備。該說是婚禮模式嗎？明明是冬天卻用花朵妝點得很漂亮。這些花大多是人造花。「要是能在春天舉行就好了」這種話對我說也沒用啊。

再來，戈爾他們被當成我的孩子看待。

「五號村」村長的孩子結婚，似乎有告知「五號村」全體居民的必要。考量到「五號村」的人口，要讓所有居民都知道此事未免不切實際，但是必須展現出「盡力讓大家都知道」的態度。

老實說，我很難理解這種感覺，於是陽子打了個簡單易懂的比方。

「國王的兒子結婚，要是國民不知道這件事，對於雙方來說都很丟臉吧？」

原來如此。

但就算是比喻，我還是不希望妳把我形容成國王啊。

最後，還有一個重大理由。

許多情侶走在遊行隊伍尾端。他們是「五號村」的居民，而且也有了結婚的打算。

如果選在今天，可以參加戈爾他們的遊行，還能免費在教會得到祝福。唉呀，說是免費，實際上是由我負擔啦。

這是為了在那些基於金錢考量而遲遲不結婚的人們背後推一把，也是與大家分享戈爾他們結婚的幸福。因此，攤販的花費同樣由我出，今天大家可以免費吃到飽。

不過，參加遊行的人數比我原先聽到的更多。教會的祝福很貴嗎？原因好像不是這樣，而是已經結婚的人們也參加了。

住在「五號村」的人，並不是每對夫妻都接受過盛大的祝賀。

不用擔心，來者不拒。參加遊行的人愈多愈好，可以減少大家對於我的關注。當然，我沒有忘記祝賀的心意喔。所以，拜託別再高呼村長啦。

遊行的尾聲，則是由阿爾弗雷德、蒂潔爾、烏爾莎這些「大樹村」的孩子們迎接戈爾他們。

戈爾他們吃了一驚，我也吃了一驚。

不，我沒有不讓孩子們參加喔。而且，今天是打招呼。我只是打算改天辦個盛大的儀式，所以覺得孩子們到時候再參加就好。

沒錯，今天應該只是打招呼。可是遊行搞得像結婚典禮一樣……若我說另外再辦一場盛大的婚禮，大家會接受嗎？

和戈爾他們商量之後再決定吧。

總而言之，烏爾莎、蒂潔爾、娜特。我知道妳們有很多事情想問，但別問個沒完沒了。戈爾他們很困擾。

在「酒肉妮姿」的餐會，進行得很順利。

桌上不止「酒肉妮姿」的菜色，還有其他店家的料理，所以氣氛……算了，熱鬧就好。

但是氣味會混在一起，所以甜點在右側靠門的位置，燒肉在左側靠內、拉麵在右側靠內。孩子們，不可以喝酒喔。

然後，戈爾他們……我原本覺得還早，但他們的年齡在這個世界已經可以喝酒。更何況他們要結婚了，所以沒什麼問題。不過，注意別喝過頭……每個人都嚴防喝酒誤事，所以沒喝多少。看來不需要提醒。這是好事。

就連愛喝酒的荷也滴酒不沾。

…………

加油！

飯後，戈爾他們的結婚對象利用比傑爾的傳送魔法回王都，戈爾他們也一樣。

他們三人原本打算趁著結婚的機會回村，不過明年春天阿爾弗雷德和烏爾莎要進學園就讀，所以三人會暫時留在王都生活。魔王、比傑爾與葛拉茲好像也希望他們留在王都。

三人想回村讓我很高興，但我要他們好好和結婚對象商量。畢竟村裡的生活和城市截然不同，一來不見得每個人都想搬來村裡生活，二來也不知道有沒有辦法習慣。更何況，有人要工作吧？荷已經答應要繼續工作了嘛。

反正要思考的人不是我，是戈爾他們。我決定等三人來找我商量再去想。

總之，該收拾善後了……我雖然想這麼做，店裡的人卻沒有減少。有多少人離開，外面就有多少人進來。

外面也還在慶祝呢。這要持續到什麼時候啊？該不會要持續一整個晚上？是這樣嗎？

……算了，存下來的錢能夠痛快地花掉，這點值得高興。畢竟陽子和戈隆商會已經嘮叨很久了。

孩子們，不可以熬夜喔，要記得回去。就算要留下來過夜，也要去陽子宅邸。睡在這裡會給人家添麻煩，所以別這麼做。哈克蓮，麻煩妳領著孩子們離開。

不知何時冒出來的德萊姆和德斯，你們要喝無妨，但是別纏上周圍的人，放開魔王吧。

4 賀禮

與戈爾他們的結婚對象打招呼卻成了一場遊行，令我大吃一驚。不過，能夠把只進不出的錢花掉一部分算得上好事一樁。

雖然代替禮金湧入的賀禮堆積如山。

……

如果這些全都要送到戈爾他們那邊……啊，戈爾他們的份在別處是吧。這樣啊。好的，那清單我收下了。

陽子遞來的清單上，寫著品項、品名、數量、贈送者的名字與職位。見慣的名字與陌生的名字差不多各半。

嗯？夏沙多大屋頂一同致贈。即使我覺得可以不用費心，但可能正因為是自己人才更費心吧？

戈隆商會也有送禮，量多得誇張呢，會不會收太多啦？

這類賀禮好像很重視品質和數量。原來如此。

我看看有什麼……藝術品、工藝品、武器、防具、農作物、研究發表？情報？

「這個研究發表是什麼？」

我問陽子。

「獨自研究的人獻上成果。就是『如果值得一看，希望能僱用我』的意思。」

嘿～

研究內容有魔法、藥、料理、戰術…………這個要由我來評分？辦不到啦。交給露她們吧。

「再來這個情報是？」

「就是字面上的意思。老實說，難以處理的情報也有收到一些。」

交給文官少女組們負責，應付不了的轉給魔王或比傑爾當沒看到。嗯，就這麼辦。

不過，祝賀人家結婚，結果送來某王室的外遇情報、叛亂計畫、獨立計畫之類的是怎樣？

還是別深究吧。

總而言之，藝術品就擺在陽子宅邸裝飾……放不下了呢。拿去「小黑與小雪」或「酒肉妮姿」之類的地方吧。

工藝品盡可能拿來用，至於武器防具……像祭祀用具的就當成藝術品處理，看起來比較實用的就交給「五號村」的警衛隊。

農作物……放進「五號村」的倉庫，當成緊急糧食。

總而言之，大致上就這樣。

我知道。有人想問候我對吧？我會加油。咦？人家在隔壁房間等著？這樣啊。

…………

能不能去「大樹村」幫我把琳夏叫來啊？我想請她支援。嗯，要我一個人應付那麼多有點勉強。

冬季的寒意愈發嚴峻，村裡一片安靜。

理由有二。

理由之一是烏爾莎和阿爾弗雷德準備前往學園，所以文官少女組們開了禮儀講座。

禮儀講座不止上午，下午也有，具備一定程度讀寫能力的孩子們都有參加，所以聽不到孩子們的喧鬧聲。

孩子們之所以踴躍參加，是因為想和烏爾莎與阿爾弗雷德同行。

儘管就我個人的角度來說，想去的人全部一起去也無妨，但年齡上能夠准許的只有娜特與蒂潔爾，頂多再加上勉強算在邊緣的利留斯、利格爾、拉提與特萊因。

而且戈爾他們去學園遇上的困擾，主要和禮儀有關。有許多貴族子弟就讀的學園似乎少不了禮儀，特別是用餐禮儀。

孩子們主要使用筷子，所以這方面沒問題，不過以刀叉進食就有點麻煩。在我看來沒什麼問題，可是在文官少女組們眼裡可能還太嫩。我想，他們拿筷子大概也不太行，只是拿筷子的規矩尚未確立所以沒構成問題。

根據戈爾他們的說法，在學園用筷子的規矩，基本原則都是我教的那些。

至於我教過的，也就只有「不要用筷子拉餐具」這種真的只能說是最低限度的規矩……或許找個時間整理一下用筷子的規矩比較好。

無論如何，文官少女組們說禮儀沒學好的人不准同行，所以孩子們很努力。

另一個理由，則是德萊姆、哈克蓮、拉絲蒂等龍族幾乎全都不在。

留在村裡的，只剩飛行還不穩定的古隆蒂，以及沒辦法變成龍的拉娜農。其他包含火一郎與古拉兒在內，都因為德斯的緊急召集而出門了。

目的是討伐。

據說是不知從哪裡冒出了類似飛天鯨魚的東西，另一個說法是鯨魚來自別的次元。

不知道為什麼，這種飛天鯨魚出現之後要是放著不管，就會有災害降臨世間。就連小鯨魚也會引起颱風，大鯨魚甚至會引發大地震、海嘯、乾旱、洪水等。

這些惹麻煩的飛天鯨魚出現一大批。牠們不怎麼強，但是很大。小鯨魚有三十公尺長，大鯨魚好像能長達三百公尺。

而且，牠們都待在高空，只有龍族能夠應付。

幸好龍族將討伐這些飛天鯨魚當成使命，最近幾百年都沒出什麼大事。德萊姆更是說了「這次也不會有問題」，真可靠。

而火一郎與古拉兒好像是去見習，但他們會不會逞強呢？我有點不安。

我鑽進暖桌，悠哉地和小黑、貓牠們窩在一起。

哈哈哈，我沒忘記座布團的孩子們喔。

啊，安靜的理由還有一個。

天使族的瑪爾比特、琳夏、蘇爾蘿與菈茲瑪莉亞，代替庫德兒和可羅涅外出巡邏。嗯，因為她們兩個懷孕了。

得知她們懷孕，最開心的人是格蘭瑪莉亞。她正在對兩人講解懷孕心得與注意事項。好好叮嚀她們一番吧。特別是庫德兒，我很怕她在懷孕期間也去俯衝轟炸。呃，雖然應該不至於就是了。

保險起見，姑且還是說一聲。

由德斯領頭，基拉爾、萊美蓮、哈克蓮、絲依蓮、馬克斯貝爾加克、賽琪蓮、廓倫、德萊姆、葛菈法倫、拉絲蒂、德麥姆與廓恩跟在後面。更後方則是見習組的火一郎、古拉兒、海賽兒娜可，以及擔任護衛的混代龍族約三十頭。明白龍族力量有多強大的人看見這個景象，恐怕會大喊：「你們想毀滅世界嗎！」

這群龍的前方，就是飛天鯨魚群。三十公尺級的小鯨魚四十頭、三百公尺級的大鯨魚十五頭。單單這樣就已是紀錄中規模最大的飛天鯨魚群，然而後面還有——一千公尺級的超巨大飛天鯨魚。一看就知道是這群鯨魚的老大。

只不過再怎麼大，鯨魚依舊是鯨魚。防禦力雖高，攻擊力卻低。此外，和龍相比機動力又差到可說是笨重。龍族一如往常地開始攻擊。照理說，也該一如往常地解決麻煩，卻碰上了意外。

這次的飛天鯨魚群，旁邊跟著護衛。

飛天鯊魚。

十公尺左右的大小，比龍來得敏捷。而且，具備能傷到龍的攻擊力。這些鯊魚共有七隻，以超巨大鯨魚遮掩身形。

澈底的奇襲。但是，不需要驚慌。

擔任前衛的德斯、基拉爾、萊美蓮與哈克蓮，躲開了鯊魚的攻擊，並且確實地給予反擊。轉眼間，其中四隻鯊魚不是變成兩截就是化為焦炭。

原本以為剩下三隻也會馬上落得同樣的下場，但是這些飛天鯊魚很狡猾地避開德斯他們，盯上最弱的龍。換言之，就是來見習的火一郎、古拉兒與海賽兒娜可。

將這波攻擊擋下的則是德萊姆。

所以德萊姆回來時遍體鱗傷，甚至嚴重到無法化為人形。他身上的咬痕，觸目驚心。不過沒有生命危險，讓我鬆了口氣。

由於立刻就用了治療魔法和藥，所以接下來只要靜養就好。世界樹之葉被德萊姆婉拒了。是因為拿來和古隆蒂的傷勢比較嗎？

無論如何，對於保護了我家兒子的德萊姆，我內心只有感激。所以，即使英勇事蹟已講到第三遍，我依舊笑著聆聽。

還有啊，萊美蓮。那些維持反省姿勢的混代龍族，差不多可以放過他們了吧？不夠？妳要處罰他們是無妨，但是他們全員維持龍形態一動也不動，頭部和背部已經開始積雪了耶……

不過是在雪中待一個冬天，死不了？或許是這樣沒錯啦……嗯，看樣子沒辦法說服她。萊美蓮非常生氣。

不止萊美蓮，德斯、基拉爾、哈克蓮、葛菈法倫與拉絲蒂也很生氣。在旁邊安撫他們的，則是被德萊姆救了一命的火一郎與古拉兒。

如果海賽兒在場，大概會幫忙緩頰，但是海賽兒在這裡就代表絲依蓮和馬克也在場，生氣的會多出兩個。

海賽兒一家和賽琪蓮、廓倫、德麥姆、廓恩沒來村裡，各自回去了。沒能見到他們讓我有點遺憾。

想了一下能為德萊姆做些什麼之後，我來到溫泉地揮動「萬能農具」——建造一個就算是龍也能泡的大型溫泉。

儘管冬天寒風刺骨，但是揮動「萬能農具」的時候不成問題，還有死靈魔導師施法幫忙提昇周圍的氣溫，所以不會冷。

挖溫泉的不止我，還有三十名混代龍族一起作業。一開始還擔心這些龍不聽我的指示，但是沒出任何問題。

或許該歸功於我告訴萊美蓮他們：「我需要勞動力，拜託你們放過這些龍。」

大型溫泉位於溫泉地南側有些距離之處。

寬敞的程度足夠讓兩頭龍悠哉地泡。形狀是個倒過來的圓錐，中央比較深。

好啦，雖然這是為德萊姆建造的溫泉，不過動用建造者特權第一個進去泡應該沒關係吧。

我問一同作業的三十名混代龍族要不要一起進去，他們卻全力拒絕。唉，畢竟還是要顧慮立場吧。不勉強。德萊姆泡完之後請自便。

總而言之，我先試試看。

……很深的溫水游泳池。而且，有點燙。
因為離源泉有點距離，所以我沒引河水，純粹讓溫泉水蓄在池內。
總而言之，對於人類體型來說有危險，需要用游的。而且，要是在深處溺水，可能會被燙死。需要注意。
我在周邊圍起圓木柵欄，立了個看板。也向死靈騎士和獅子一家說一聲吧。
總之差不多是這樣，之後就等德萊姆使用之後問他的感想再改善。
德萊姆在溫泉裡睡著了。他還為了避免溺水而把頭伸出溫泉，真是不簡單。
可是，仰躺是怎樣？一時之間我還以為他死了，嚇了一跳。聽到鼾聲後鬆口氣這點就保密吧。
怎麼，想要個能夠放頭的地方？了解。
我和混代龍族合作，做了個便於讓頭靠著的地方。
酒和餐點？酒就用大桶裝吧。餐點用你們帶回來的飛天鯨魚肉做，等我一下。
德斯他們帶了十來頭三十公尺級的小鯨魚回來。
雖然很感謝他們，可是要消耗掉有點困難……我原本這麼以為，但是小黑家族、座布團的孩子們、獅子一家都很喜歡。連生肉也能一口接一口，看來不用擔心吃不完。

當然，有記得留下我們吃的份。

鯨魚肉。

我不會做專門的鯨魚料理，所以拿來代替一般肉類。生魚片、鯨魚排、炸鯨魚塊與燉鯨魚肉。味道和牛肉、豬肉不同，能為餐桌帶來些變化令人開心。

至於待在溫泉的德萊姆的份，則由變成龍的火一郎和古拉兒送過去。當然，萊美蓮與他們同行。各位混代龍族，放心吃沒關係，不用客氣。

按照德斯的說法，那批飛天鯨魚他們解決了大約一半，包括超巨大飛天鯨魚。剩下的則被趕回其他次元了。

要全滅也做得到，但是好像有長輩交代過不能把牠們全滅。不過，飛天鯊魚倒是全部解決掉了。關於鯊魚的事沒有任何交代，應該沒問題。

還有，不能放過危及火一郎、古拉兒與海賽兒的鯊魚。說是這麼說，不過也是因為鯊魚讓他兒子德萊姆遍體鱗傷而生氣吧？啊，他不好意思了。

德萊姆在溫泉裡吃飽睡，睡飽吃過了大約三天，便完全康復了。龍的恢復力真是不簡單。

德萊姆康復之後，換成以龍形態泡溫泉的德斯仰躺著睡在溫泉裡。

嗯～果然是父子。

6 鯨魚肉與奇怪的患者

基拉爾依依不捨地和古隆蒂與古拉兒道別了很長一段時間之後，帶著混代龍族回去了。似乎是還有工作。

他說很快就會回來，但這裡不是基拉爾的家，而是他的出差地點吧？不，想來妻女所在的地方就是家吧。

孩子們在村裡的餐廳排排坐，用刀叉吃烤魚。魚骨頭讓大家陷入苦戰。

一旁，不死鳥幼雛艾基斯早已吃完，只留下乾乾淨淨的魚骨。好燦爛的笑容。孩子們，不用勉強模仿，要是模仿牠，你們就得用腳和喙吃魚囉。鷲也不要逞強，和平常一樣就好。能留下乾淨魚骨的艾基斯比較奇怪。

露三天前就離開村子了，因為「夏沙多市鎮」的伊弗魯斯學園找她。

不是平常的研究，而是有病人。

好像是患者聽說露在那裡，所以從人類國家搭船來到「夏沙多市鎮」。

露一開始要患者來「五號村」，但是漫長的船途使得患者的情況惡化，無法離開「夏沙多市鎮」。不得已，露只好前往「夏沙多市鎮」當面醫治。

不止露，伊弗魯斯學園還有很多長於醫療的人物，所以治療似乎很順利。與露同行的蜥蜴人們是這麼說的。

只不過，考慮到病情急轉直下的可能性，恐怕暫時無法回村。

關於治療，其實只要使用世界樹之葉就能迅速根治，但是古隆蒂來村裡以後，世界樹之葉的運用便由種族會議決定。

天使族與哈克蓮堅持不讓世界樹之葉普及，甚至主張該隱瞞它的存在。

只要有世界樹之葉，任何疾病或傷勢都能完全治好。它確實很厲害，卻沒辦法送到世上每一個人的手裡。

此外，如果世界樹之葉的存在廣為人知，會讓醫療方面的研究大為退步。畢竟不管留下怎樣的研究成果，都敵不過世界樹之葉。

人們多半會就此依靠世界樹之葉吧。

這麼一來，若發生異變導致世界樹枯萎，這個世界會如何？不管怎麼想，都不會往好的方向發展。

包括露和芙蘿拉在內的與會者們也得出相同結論，因此我們對於世界樹之葉的使用設下限制。

假設要使用世界樹之葉，必須滿足以下三項條件之一。
其一，不使用傳送門或傳送魔法，自力抵達「大樹村」的人。
其二，得到村長許可的人。
其三，「大樹村」、「一號村」、「二號村」、「三號村」與「四號村」的居民。

第一項沒問題。
假若能靠自己的力量抵達村子求取世界樹之葉，沒人會有意見。
第二項是得到村長許可的人，我的權限會不會太大啦？
這麼想的我，加上了第三項條件。
原本我連「五號村」的居民也想納入，但是被陽子制止，她說這麼做和對大眾公開是一樣的意思。
確實如此。
之後，我聽陽子說了將世界樹之葉公諸於世時，可能會發生的慘劇，於是嚴令眾人澈底隱瞞這東西的存在。
尤其是在村外，切勿提到「世界樹」一詞。如果碰上非講不可的時候，就說是「大蠶的食物」。
蜥蜴人們帶來的消息裡，還提到為了讓患者恢復體力，想要一些飛天鯨魚肉。
雖然已經有三頭僅剩骨頭，不過就算扣掉為冬眠的座布團與座布團孩子們保留的部分，飛天鯨魚的肉也還剩很多。

於是我切了幾塊較大的生肉，安排送到露那邊。

「村長，露大人那邊只送生肉過去就好嗎？我們還有燻製的和鹽漬的。」

拿著一桶生鯨魚肉的鬼人族女僕過來問我。看她單手就舉得起來好像輕鬆寫意，但那一桶應該有五十公斤。

「也對。那麼燻製的和鹽漬的也送點過去吧。就算那邊不需要，也可以分給『馬莁』的員工們。」

「我明白了，那就一併送去。」

麻煩了。

幫忙送貨到露那邊的是戈隆商會，由帶消息回來的蜥蜴人們擔任護衛。

對了，也分點鯨魚肉給麥可先生吧。

日後，有報告指出，載有鯨魚肉的戈隆商會馬車，一再遭受魔物與魔獸襲擊。

「魔物們顯然盯上了貨物。」

…………

幸好有讓蜥蜴人們護衛。

露治好的患者，是某國王子。

他好像一康復就向露求婚，結果被一拳打在臉上。嗯，要是我在現場就耕了他。不要向別人的老婆求婚。

根據報告，治療費收了不少，不過直接分給伊弗魯斯學園和「馬菈」了。反正我也不缺錢，所以不成問題。

至於露揍了王子一事，王子的親信當成治療的一環看待。大概是這人平常就會到處求婚吧。王子的親信甚至偷偷找露商量，詢問能不能治好王子這種輕薄的態度。

露提議把男性象徵切掉，王子的親信們則是認真考慮要這麼做，想來王子替他們添了不少麻煩吧。

康復之後的王子一行人，在「夏沙多市鎮」停留了大約十天後前往王都。要洽談自國與魔王國之間的祕密同盟。

至於我會知道祕密同盟這回事，則是從窩進暖桌和貓玩的魔王那邊聽說的。

告訴我沒關係嗎？這是機密吧？畢竟王子的國家似乎不小嘛。

咦？那個王子還向魔王夫人求婚？

…………

呃，這不是外交問題嗎……王子的親信們努力不讓事情發展成那樣？原來如此。

只不過，他被魔王和夫人痛扁一頓，差不多要躺一個月。然後要請露治療？我可不會讓露過去喔。

7 冬季某日

我醒過來。吃過午飯後，我好像睡著了，還是窩在暖桌裡。

…………不行，這樣會感冒。

就算有「健康的身體」，也不能大意，必須小心。

所以說，小黑、小雪，起床囉。小黑也就算了，小雪仰躺著還真稀奇呢。太大意囉。啊，小黑還睡到流口水，要是被安發現會挨罵喔。

然後，座布團的孩子們，拜託不要都擠進暖桌裡，有點恐怖。

…………

酒史萊姆，連你也鑽進暖桌裡啦？喔，被座布團的孩子們卡著動彈不得是吧。抱歉。你全身都在發燙耶，出來涼快一下吧。說是這麼說，但是不可以跑到室外喔，會結凍。地下室很涼爽，應該不錯。

然後暖桌裡還有……毛球？這是一重嗎？正在鬧脾氣？怎麼啦？和陽子吵架嗎？陽子稱讚艾基斯卻沒有稱讚一重？喔，吃魚的技巧啊。

艾基斯那套吃法已經是高手的境界，或者該說只有牠做得到。妳還小，不用在意那麼多，放心吃就好啦……知道了，陽子那邊我幫妳說她幾句。這樣行了吧？那麼，出暖桌吧。下次不要整個人鑽進去，至少把頭露出來喔。

然後，座布團的孩子一離開就鑽進空位的貓姊姊和小貓們。抱怨我太晚趕走牠們是怎樣？不要因為魔王不在就亂來。

嗯？艾基斯和鷲也來啦？啊，喂，一重，不要把脾氣發洩在艾基斯身上。艾基斯，躲到高處。鷲，等等！我知道艾基斯遭到攻擊讓你很生氣，但是等一下。要是攻擊一重，陽子會生氣。嗯，我懂，是一重的錯。

可是，一旦碰上孩子的事，父母都會先把道理放一邊去。對，很難處理。

不過嘛，只要好好解釋，陽子應該會教訓一重就是了。

我抱著一重到餐廳。

要吃甜點嗎？那就變成人的模樣……變了呢。好乖好乖，等我一下。

……我知道。妖精女王的份也會準備，一重就拜託囉。

甜點……有事先做好放著的紅豆年糕湯呢，這個就行了吧。

一重、妖精女王，要幾塊年糕？哈哈哈，這麼多吃得下嗎？知道啦知道啦。

只是，一重的年糕要切成小塊喔，太大塊有可能噎到。

我一邊用火缽烤年糕，一邊做新的紅豆年糕湯，反正很快就會不夠。

如我所料，格蘭瑪莉亞被烤年糕的香氣釣來了。

庫德兒與可羅涅的情況如何？沒有大問題？有小問題是吧。喔，味覺變化啊。那就盡可能按照她們的要求吧。紅豆年糕湯……沒問題吧。了解，可以幫忙拿給她們兩個嗎？抱歉，我晚點也會過去看看。

先搞定一重和妖精女王的紅豆年糕湯，年糕的量也按照她們的要求。

再來是格蘭瑪莉亞、庫德兒與可羅涅的紅豆年糕湯……貓姊姊和小貓們從外面跑過去。

看樣子魔王來了。那麼，魔王和比傑爾的份也一併準備吧。

好好好，瑪爾比特、琳夏和蘇爾蘿的份也會準備。巡邏辛苦了，有問題嗎？沒有是吧。了解……怪了？菈茲瑪莉亞怎麼啦？把巡邏時解決的獵物拿去高等精靈那邊？那麼，大概馬上就會過來。菈茲瑪莉亞的份也準備吧。

唉呀，這個腳步聲……是孩子們。念書時間結束了嗎？我記得，剛剛是禮儀課程……哈哈哈，只在我面前放輕腳步可不行喔，在人家看不見的地方也要安靜走路。

要來點紅豆年糕湯嗎？年糕就好？知道了，烏爾莎、阿爾弗雷德，幫忙烤大家的份。一個人只能吃兩塊喔。要是晚餐吃不下，我會被罵。

……年糕快要沒了？奇怪？有吃這麼多嗎？啊，基拉爾和混代龍族拿了一些回去當土產。

我給了他們不少，當成飛天鯨魚肉的回禮。

總而言之，這次的份量沒問題吧？好，明天來搗年糕。哈哈哈，沒辦法現在就做。要先把糯米泡水並蒸過才行，準備很麻煩喔。沒錯沒錯，要感謝鬼人族女僕們。

傍晚。

我利用傳送門前往溫泉地。

能夠讓龍泡的大型溫泉，現在是龍族輪流使用。以人形態泡溫泉雖然也不壞，但是用龍形態泡似乎會有種解放感。目前在泡的是古隆蒂。

女性入浴時不可接近是種禮貌或者說常識，但龍形態就沒問題。只不過，考慮到萬一，接近時要敲兩下鐘。畢竟也有可能是用人形態泡嘛。

嗯，龍形態。不是仰躺，讓我稍微安心了點。

「村長，怎麼了嗎？」

古隆蒂抬起一顆頭問道。

我的目的，是古隆蒂泡溫泉之前獵到的魔獸，驚慌馴鹿。

當時她似乎不是龍形態，所以驚慌馴鹿也大意了吧。我到了古隆蒂指示的地點之後，嗯～不能讓心臟不好的人看見現場。

合掌拜了拜之後，我把角拿走，剩下的便用「萬能農具」耕掉。

「古隆蒂，做得太過火啦。」

不過，沒讓驚慌馴鹿逃掉這點值得嘉獎，晚餐可以期待一下喔。

對了，晚餐妳要在這邊吃嗎？還是要回去吃？

「我再泡一下就回去。」

了解。

晚餐後，我悠哉地晃到客房。

最近魔王和比傑爾常來找露談話。大概是因為烏爾莎和阿爾弗雷德要去魔王國王都的學園就讀吧。即便應該會成行……但是為什麼偶爾會看見三人露出沉痛的表情？烏爾莎和阿爾弗雷德沒有糟糕到會讓你們這麼不安吧？

更何況，過去的不止孩子們，也安排了人手盯他們。

一開始的候選人是格魯夫，不過露說熟人會放縱他們所以否決了。再來被我們選上的，則是管理溫泉地傳送門的阿薩。從他平常一身管家裝扮便能看出來，他原本在太陽城就是城主的管家。

加上貝爾與葛沃的推薦，他便成了烏爾莎和阿爾弗雷德去學園期間的監督者。

必然地，溫泉地傳送門的管理工作要找人交接，目前正在討論要從「四號村」派遣新人選一事。

除了阿薩之外，還有兩位監督者。

一位是烏爾莎的土人偶，厄斯。他堅持和烏爾莎一起去，始終不肯退讓，所以我同意了。只不過，不止烏爾莎，其他孩子也要顧喔。

目前，厄斯正和孩子們一起學習學園生活須知。

另一位，則是請混代龍族那邊派人。

為了飛天鯨魚一事來訪時，他們問過有沒有什麼地方能幫上忙，於是我老實地接受了他們的好意。

他們似乎會安排一位在學園待好幾年也沒關係的人選。感激不盡。

除了三位監督者之外，還有戈爾、席爾與布隆三個獸人族男孩們在，我想不需要那麼擔心。

這麼告訴魔王、比傑爾與露之後，他們異口同聲地這麼告訴我。

「天真。」

……我太天真了嗎？我覺得寵孩子是父母的特權耶。

咦？啊，不是？我想得太簡單了……是、是這樣嗎？

8 打發冬季的閒暇時間

冬天。

基本上都是窩在家裡，不會外出。外出只有小黑的子孫們與天使族的巡邏，以及半人馬族的定時聯絡，再來就是高等精靈們會去狩獵。即使是這些活動，碰到暴風雪一樣會暫停。魔物與魔獸好像也敵不過暴風雪，不會有所行動。

就算有魔物與魔獸能在暴風雪中行動，大概也不會跑來地獄狼成群的地方。

萬一跑來，哈克蓮、拉絲蒂與古隆蒂也說了會在牠們接近村子之前就收拾掉。真是可靠。德斯倒是窩在暖桌裡睡覺。

無論如何，冬季不太會外出，所以都是做些在屋裡就能做的工作。

大家對於在屋內作業沒什麼不滿，但是對話太少似乎會讓人感受到壓力。可能是因為這樣吧，即使是颳起風雪的日子，一樣會有很多居民聚集到我家大廳閒聊。反正大廳很寬敞，又有暖房設施嘛。每年都是如此。

然後呢，這麼多人聚在一起只是聊天也有點怪，因此每年我都會突發性地舉辦一些活動。

麻將大會、黑白棋大會、西洋棋大會與保齡球大會。

因為在室內，所以我要大家把劍和弓收起來，不過也有相撲大會和比腕力大會之類的活動。此外，還會舉行矮人們要求的品酒大會、鬼人族女僕們要求的新料理發表會、妖精女王要求的甜點大會等等。

縱使是突發性所以規模不大，但是這幾年差不多在決定舉辦的一小時之後村民就到齊了。大概已經確保聯絡方式了吧。

話又說回來，大家真是亢奮。

順帶一提，我不怎麼喜歡大胃王和超辣料理，並未舉辦這類活動。而且不止村民，大多數人都經歷過糧食危機，因而討厭浪費糧食的行為。所以甜點大會不是讓人猛吃甜點的活動，只是讓人享受甜點。

總而言之，這次不是甜點大會，而是普通的西洋棋大會。

由全體參賽者進行淘汰賽，一場接著一場。然後，輸家則會直接往旁邊的保齡球會場或麻將會場移動。當然，想留下來看西洋棋比賽也無妨。

為了避免妨礙西洋棋比賽，保齡球會場和麻將會場都用上隔音魔法。不是改良型的漸進式隔音，而是改良前的完全隔音。因此通過有隔音魔法的隔板之後，會讓人以為到了另一個世界。

在保齡球會場，輸掉西洋棋的人和一開始就在打保齡球的人，能夠盡情擲球。如果這邊能聚集到夠多人，我打算也來辦個大會。

雖然對戰方式很多種，不過在「大樹村」，一般是採用三人組隊比總分的形式。許多蜥蜴人、高等精靈、山精靈與獸人族會參加。

在麻將會場，輸掉西洋棋的人和一開始就在打麻將的人，享受著麻將的樂趣。

由於只需要四個人，所以人數一湊到就會開始。這裡可以看見很多矮人。重點似乎是能一邊喝酒一邊打牌。

雖然也有準備半人牛族和巨人族用的桌子和巨大麻將牌，但是能夠運用自如的人很少，因此幾乎都是固定成員。他們表示沒問題，玩得很開心。

還有，魔王、比傑爾與德萊姆。我還以為他們三個都有參加西洋棋大會，該不會是早早輸掉了吧？

另外，陪這三人打牌的座布團孩子們，由大約二十隻組成一隊，坐在位置上。牠們運用絲線打牌，動作像工廠的機器一樣，感覺相當俐落。不過，誰負責指揮？有好好弄懂規則……有耶。抱歉打擾了。

緊接著，座布團的孩子們敲了桌子。原來如此，是敲桌子代替發聲對吧。牠們已經碰了兩次，我原本還很疑惑是怎麼喊的。真聰明。

然後放槍的比傑爾，你或許覺得難以置信，但面對現實吧。那不是對對和，是清老頭也就是役滿。座布團的孩子們是莊家，四萬八千點。嗯，最貴的牌型。（註：對對和、清老頭與役滿皆為日本麻將用語）

在「大樹村」，和到役滿的人能夠在專用的紀錄板上留名。至於放槍者的名字，則是出於慈悲不予留下。

正準備寫下名字的我，停下了手。名字該怎麼辦？座布團的孩子們，以期待的眼神看著我。

這種情況下，應該寫隊名吧。

……「清老頭」隊可以嗎？不行？啊，原來如此。「役滿聯盟」是吧。

今後牠們似乎還要和更多役滿的樣子，加油囉。

西洋棋大會的賽程順利進行，十六強即將出爐。該說一如預期嗎，小黑四和瑪爾比特都確實勝出。然後，另外六隻小黑的子孫們、蒂雅、琪亞比特、琳夏與莉亞也勝出了。還剩四人啊。

露……啊，輸給小黑四了是吧。

芙蘿拉呢？她還在比賽，不過陷入劣勢。她的對手是蘇爾蘿。啊……勝負分曉，蘇爾蘿得勝。

哈哈哈，我來安慰一下芙蘿拉。好好好，露也有份。喔，小黑也要？哈哈哈，輸給誰啦？咦？鷲？喔喔，得到艾基斯加油的鷲打進十六強了，厲害。

就在西洋棋大會正熱烈時，念書時間結束的孩子們來了。喔喔，沒有用跑的。展現出禮儀課的成果囉。不過，拜託別列隊行進，會讓人覺得很有趣。

我知道，點心是吧。妖精女王已經坐下，我想時間也差不多了。安她們正在準備，你們先坐……要幫忙端？好，一起端吧。

對了對了，我想了幾個孩子們也能參加的活動……但是劍和弓不行喔。格魯夫和達尬是老手所以沒關係。他們沒傷到牆壁和地板，對吧？

要是我來就會傷到牆壁和地板讓安難過，所以劍和弓不行。呃，我知道你們用得比我好。贏不了贏不了，烏爾莎和阿爾弗雷德比我強。我是真的這麼想。

把點心端給孩子們、妖精女王，以及其他想吃的人之後，我便找有空的高等精靈與山精靈們，合作打造孩子們用的活動場地。說是活動場地，也只是簡單地用隔板隔開而已。

放在中間的，則是四張給孩子們用的小型撞球桌，知道規則吧？

先前雖然已經做過好幾張撞球桌，不過都是我隨便做的大人尺寸。對孩子們來說太大，沒辦法用。

所以，這回我試著做了孩子們用的。從球桿（cue）到球都是小孩尺寸，所以很麻煩。

唉呀，慢著慢著。山精靈們正在測量撞球桌是否水平。水平是撞球桌的關鍵。

我們一邊用測量水平的裝置檢查，一邊調整桌子的高度。然後讓球滾動，進行最終檢測。很好，沒問題。記得要輪流玩，不可以獨占喔。

有幾名文官少女組願意在旁邊看著，所以就交給她們了。嗯，我還有些東西非得趕著做出來不可。

因為撞球桌尺寸而沒辦法玩的不止孩子們，半人牛族和巨人族也是。

有空的高等精靈、山精靈，可以拜託妳們幫忙製作大型的桌子和球桿嗎？我來做球。

形狀漂亮的球，還是得靠「萬能農具」才做得出來，這部分也需要研究呢。

晚上。

悠哉時光。

西洋棋大會的決賽，成了小黑四與瑪爾比特的激戰。三度戰成平手之後，到了晚餐時間，於是決定留待明天繼續。

保齡球由蜥蜴人隊贏得優勝。

三個人都是滿分，真厲害。

至於麻將……晚餐後大家還在打。

孩子們打起撞球好像還算開心。

然而，似乎不合烏爾莎的胃口。輪到自己的時候沒問題，但是等待時間會讓她焦躁不安。

基於同樣的理由，保齡球也不合烏爾莎的胃口。如果能一個人擲個不停，她應該會比較開心吧。

相反地，阿爾弗雷德好像很中意撞球。握桿架勢也很漂亮。不過嘛，能不能漂亮地擊球就要看練習了。哈哈哈，今天是第一次所以難免啦。

我決定做個專屬房間，把孩子們用的撞球桌擺在那裡。

閒話　某鬼人族女僕的特權？

我是鬼人族女僕之一，在火樂大人……村長的宅邸擔任女僕。

某個冬日，一隻地獄狼在走廊上趴著不動。從早上持續到現在。

我問牠怎麼了，牠也只是搖搖頭要我別在意。安大人來問也一樣。

走廊也有附上變暖和的魔法，應該不是冷到動不了吧。老實說，我有點擔心。

——雖然我嘗試表現出這種態度，不過，其實我知道牠趴著不動的理由。

那隻地獄狼，在走廊仰躺著睡到天亮。

地獄狼額前有角，所以仰躺需要一點訣竅……然而，那隻地獄狼大概不懂這個訣竅吧。牠不小心讓角刺進地板，因此有些恐慌。但是，最後牠發揮了自己的身體能力，總算將角拔出來。

角沒斷讓牠鬆了口氣，可是牠很快就發現地板上有個很大的裂縫。

這下不妙了，安大人會火冒三丈。而且，一旦惹火安大人就會沒飯吃。地獄狼煩惱了一會兒之後，便趴在那個很大的裂縫上。

就是這麼回事。

之後又要怎麼辦呢？我原本以為地獄狼都很聰明，或許並非如此。

總而言之，我決定就這麼在旁守望。當然，是在工作的空檔喔。

晚上，地獄狼以悲傷的聲音向村長求助。

村長似乎要陪地獄狼一起去向安大人道歉，真是溫柔。

啊，在那之前，地獄狼還要先去廁所。我想也是，畢竟牠一直在忍嘛。
唉呀，我可不是在打混喔。我正在夜間巡邏，確認窗戶有沒有鎖好，還有管理走廊上的照明。

對了對了，有個人和地獄狼一樣從白天到現在都沒動，那就是瑪爾比特大人。
她從白天就窩進暖桌一動也不動，沒問題嗎？應該還活著吧？
直接問本人不太好，於是我試著問窩在同一張暖桌裡的蘇爾蘿大人。
日前的西洋棋大會輸掉讓她大受打擊……不是這樣？琪亞比特大人沒幫瑪爾比特大人加油，而是為小黑四大人加油，所以鬧脾氣？原來如此。
因為琪亞比特大人輸給小黑四大人嘛。如果打敗自己的人贏得優勝，能夠得到心靈上的慰藉，所以我明白她的心情。
瑪爾比特大人不是也明白這點嗎……身為母親，不管處於怎樣的狀況下都會希望女兒支持自己？或許真是這樣。我目前還沒有孩子，但是能體會您的心情。
可是，已經超過暖桌的使用時間。村長交代過，晚上要讓安裝在暖桌裡的魔道具停止運作，所以很抱歉……不，很安全喔。開發者露大人拍胸脯保證過，就算連續運作一百年也沒問題。暖桌的被子更是座布團大人親自製作，就算放到火上烤也沒那麼容易燒起來。
村長下這道指示的理由，在於很多人會在暖桌裡睡著。是的，在暖桌裡睡覺似乎對身體不好。很抱歉，請讓我關掉暖桌的魔道具。

…………

瑪爾比特大人抓住我的手，不讓我按下魔道具的停止按鈕。

呃，瑪爾比特大人？我要關掉它了耶？不行嗎？這樣啊，我明白了。

我不喜歡白費力氣。這種時候就要狠心，於是我請琳夏大人過來。解決。

啊，蘇爾蘿大人也被趕出暖桌了，真是抱歉。

早就算好離開的時機，不用在意？多謝您的體諒。

我繼續夜間巡邏。

冬天，會有很多客人……或者說村民睡在宅邸裡，所以麻煩也會變多。

啊～各位矮人，在走廊上喝酒會被罵喔。我懂，品酒會對吧？可是……這裡是月亮和雪景最清楚的地方？

嗯，原來如此。月色和雪景確實很漂亮呢。但是，擋到路了。麻煩各位撤收。不……我還在工作。

就算你們這麼說……………既然說到這個地步，我明白了。就陪你們喝吧，僅限一杯。

……多倒一點也沒關係喔。唉呀呀……喔？相當爽口。感覺跟烤魚很合呢。

咦？有烤魚。居然連火缽都搬來這種地方。這樣會挨罵喔，不過今天就放過你們吧。

那麼，一口就好。

…………果然很合。要我順便試試新做的魚乾？我明白了。

隔天早上，矮人們被安大人狠狠罵了一頓。
我都故意放他們一馬了，他們大概就那樣繼續喝下去了吧。這樣不行啊，像我喝完之後還是有好好工作。
怪了？安大人為什麼轉向我？
根據昨晚的班表，巡那條走廊的人是我？
…………
是的，是我放過他們的，非常抱歉。
我不會找藉口，因為只會被罵得更慘。

我和矮人們一起為品酒會善後。
大家喝得真不少呢。
酒史萊姆先生，你待在那邊會礙事，小心被一起收拾掉喔。
艾基斯先生，不可以翻剩下的東西喔。小貓們也一樣，就算用可愛的叫聲撒嬌也不行。
大概是因為我說不行吧，小貓們各自叼著剩下的烤魚逃跑了。
…………
追上去把烤魚搶回來？牠們會邊逃邊吃，已經來不及了呢。

然而就算是這樣，也不能放縱牠們的無法無天，管教很重要。

在我準備全力追趕的瞬間，小貓們的母親寶石貓女士已經擋在前面，把烤魚從小貓們嘴裡沒收了。

漂亮。

不會不會，別在意。不過，小孩子要好好管教喔。啊，妳把烤魚歸還，我也不知道該怎麼處理，請用吧。

還有，貓姊姊們似乎在那邊有些動作……請加油。

宅邸大廳。

玄關附近擺了很多裝飾品。

最顯眼的是迷你獎盃，再來則是麻將的役滿達成者列表。最新的地方寫著三個「役滿聯盟」呢。

我並不羨慕。

因為，這張表的最上面，也就是最早的位置，寫著我的名字，呵呵呵。

唉呀，不行不行。一不小心就在這張表前開心到忘了時間。「役滿聯盟」的各位也一樣吧？但是，工作還是得好好做。

聽到我的提醒，「役滿聯盟」的各位舉腳回應。嗯，加油吧。

話說回來，改天一起打麻將吧。也找比傑爾大人參加。他說下次不會輸，所以不會像之前那樣囉。

「役滿聯盟」的各位表示要再次給他好看。當然，我也不會輸的。

好啦，得好好工作才行。不要做到完美，要稍微偷懶。

不是因為怠惰喔，這是我的職責所在。

包含我在內的鬼人族都太過追求完美，讓我們的主人村長覺得喘不過氣，我們也有所自覺。這就是我們的應對方法。

找個人負責失敗，或者說負責出錯。告訴大家，鬼人族也有可愛之處。

唉，會刻意這麼做就已經有點問題了……

不過村民們的評價不差，村長也是。他們常說，鬼人族變得比較容易親近了。

嗯，雖然被當成一個常失敗的人總覺得有點……但是我有很多特權，像能在工作時喝酒玩樂、能得到村長溫柔相待，所以我不會介意。

唉呀，各位山精靈，要玩請到那邊的房間。安大人馬上就要巡到這邊了，請各位暫時保持安靜喔。

今天我依然努力工作。

閒話　瓦特岡古

可惡，真是可惡，可惡到了極點。

然而，我無能為力，認命吧。我乖乖認命，開始移動。

搭乘馬車約十分鐘。雖然走路比較快，但是貴族就要用馬車移動。

到達目標宅邸門前，我下了馬車。

由於事前已經派人告知「我要過去囉」，所以我很順利地被帶進屋裡。屋主沒出來迎接。

我知道，屋主在老地方。我來過好幾次，知道這間屋子的格局。告訴傭人不需要帶路之後，我便一個人往裡面走。

面帶笑容的屋主在老地方等我。啊～真可惡。

我的名字叫瓦特岡古．普加爾，魔王國的伯爵家當家。

然後，眼前這棟宅邸的屋主叫比傑爾．克洛姆。和我一樣是魔王國的伯爵家當家。

不過，這傢伙有四天王稱號，地位遠比我來得高，真羨慕。

……不，沒什麼好羨慕的。畢竟四天王很忙嘛。我在城裡見過這傢伙連路都走不穩的模樣好幾次。

當他變成那種模樣的時候，我不會去冷言冷語，反倒會躲起來避免被他纏上。

「歡迎，普加爾伯爵。今天有何貴幹？」

唉呀，被他先打招呼了。再怎麼熟都要講求禮儀，該打招呼時就該好好打招呼。

「什麼有何貴幹。你心知肚明吧，克洛姆伯爵。」

沒錯，克洛姆伯爵知道我來的理由。所以他沒出門迎接，而是在這裡等。啊～真是可惡。

克洛姆伯爵等待的地方，是這棟宅邸的遊戲室。房間中央擺了一張巨大的長方形桌子，撞球桌。

唔，結實的構造，維持水平的機關，重點處絕不馬虎的精細做工。

想要，超想要。我一定要得到這張撞球桌！

可、可是，我也有自尊心。開口說想要之前，我已經先確認過能不能在自家領地把它做出來。

結論，做得出來。

家具工匠沒見過實物，無法做得一模一樣，不過答案是做得出來。厲害啊，我們領地的家具工匠！

雖然完成好像要花上一年就是了。該死！

桌子四角與長邊中央開了六個稱為「袋」的洞。如果只是洞倒還簡單，但要讓球在進洞之後滾到同一處回收的機關似乎很麻煩。

家具工匠問我，在各個洞底下張網，將進洞的球分別回收如何。這麼做或許比較實際，可是我總覺得這樣就輸給克洛姆伯爵了，所以希望工匠能加把勁。

只不過，撞球桌做得出來，撞球要用的球就沒辦法了。

以木頭製作，毫無瑕疵的圓球。重心位置也很完美。

假如花費夠多時間，便做得出一顆，然而要做出很多顆同樣大小的球可能辦不到。唉、唉呀，畢竟是做家具的嘛。

於是我想，換成木匠如何？但是得到一樣的答覆。

既然如此，克洛姆伯爵這張撞球桌上那麼多顆球是怎樣？克洛姆伯爵領地的木匠技術比較好？還是發現了什麼新的魔法運用方式？

目前，我已經委託領內的木匠公會與魔法師協會，研究怎麼製造撞球用的球。期待他們的成果吧。

總而言之，目前是我不如人。雖然不甘心，但是必須承認。

所以我才來到這間屋子。為了打撞球。

最近，我迷上撞球。用球桿擊球很好玩。每當球一如自己的預期滾動，將其他球打進袋裡，就令人興奮不已。

要說不滿之處，就是為了享受這種樂趣，非得來克洛姆伯爵家不可。真希望我家也能快點擺一張。

「要用哪支球桿？」

克洛姆伯爵拿出好幾支球桿。

呵。

「多謝你的好意，但是不需要。我用這個。」

我亮出自己帶來的球桿。

這隻球桿是領內的某位木匠為我做的。

上面加了不至於妨礙擊球的裝飾，這是一支與我相配的球桿。

克洛姆伯爵用的球桿，材質雖佳，設計上卻偏重實用性。以貴族的玩具來說，我認為這點改良一下比較好。

幸好，球桿只有規定前端皮頭的材質與大小，可以在握把的材質和設計方面下工夫。

在好握的同時，也要重視這方面的美感。

「原來如此，是支好球桿。不過，道具無法決定勝負喔。」

當然，我很清楚。但是，為了製作這支球桿的木匠，我不能輸。

我和克洛姆伯爵展開撞球對決。

規則是九號球（Nine Ball）。

桌上擺著標上一號到九號的球和母球，用球桿撞擊母球，讓母球撞擊桌上號碼最小的球。如果最先碰到的球不是號碼最小的就算失敗，要換人。另外，就算有撞到，沒有至少讓一顆母球以外的球進袋也要換人。而母球進袋一樣要換人。

遵照這個規則進行，由打進九號球的玩家贏得勝利。

感覺很簡單，但是母球和號碼最小的球之間若是有別的球，就不能筆直地對準目標打過去。此外，就算能夠撞到號碼最小的球，擊球角度也可能沒辦法讓球進袋。相當深奧。

擲硬幣的結果，由克洛姆伯爵開始。

克洛姆伯爵打球時，照理說我該安靜等待……不過，這是兩位伯爵家當家共處一室的寶貴時間，該趁機交換情報。

「這麼說來，戈爾繕的王子好像來了。」

戈爾繕王國是人類國家之一，來找魔王國締結同盟的。

過去一直敵對的戈爾繕王國，基於某種理由轉換了方針。我想知道原因何在。

「目的是糧食。」

「糧食？人類國（那邊）家的糧食問題不是逐漸改善了嗎？有暗中提供援助吧？我有接到報告喔。」

「關於這點啊，他們好像碰上災害。」

「災害？」

「知道浮在戈爾繕王國空中的島吧？那個掉下來了。」

「……不會吧。」

「真的。墜落地點似乎在河上，對下游農地造成很大的損害。即使在科林教的支援下沒有人死亡，但農地恢復需要時間。想拜託周邊國家，也找不到有多餘糧食的國家。」

「所以才找上魔王國啊。」

「魔王國和戈爾繕王國雖然是敵對關係，卻沒有直接交戰，民眾應該也比較容易接受吧。」

「原來如此。但是，使者派那個王子是怎樣？根據城裡的傳聞，他是個很誇張的色鬼耶？」

「那個王子很優秀喔，他只找一定會拒絕的女性。」

「喔？色鬼是偽裝？繼承人之爭嗎？」

「真要說的話，感覺像想退出繼承人之爭呢。」

「嗯。這麼說來，路上染病也是……」

「那是真的。他冒著生命危險，為了與我國結盟而繼續旅行，是個不簡單的人物。唔……糟糕。」

克洛姆伯爵失誤了，哼哼哼。

剩下的球是八號和九號，簡單的配置，這一局我就拿下了。

第二局開始。

前一局贏家是我，所以由我接著打。

球散得不錯。只要不大意，應該不會出問題。

克洛姆伯爵一邊喝著杯裡的酒，一邊看我打球。哼哼，好好見識一下我踏實的擊球(Shot)吧。

「對了，普加爾伯爵。關於清掃王都的事，現在怎麼樣了？」

「清掃王都？」

大概不是指居民每十天集結一次的清掃會吧。我都有記得參加。也就是說……

「黑街嗎？」

不是真有黑街這個地方。竊盜、暗殺、誘拐……幾個掌管這類行為的地下組織，合稱黑街。這些組織是公開的祕密，也被當成必要之惡加以運用。並不是公然與魔王國為敵的勢力。

不過，入夏之後魔王大人開始清掃黑街。消滅惡質的部分，留下順從的部分。

不僅如此，他還下令從明年春天起要縮小活動規模，持續數年。敢抵抗的組織就出動軍隊剿滅。

儘管也有組織試圖暗殺魔王大人，但是全都在某個高等精靈的活躍下曝光。

除了暗殺之外，也有組織公然挑戰魔王大人。真是了不起。不過，這些組織都遭到魔王大人僱用的三頭龍排除。

原本以為她們只是在城裡揮木棒的閒暇女子，沒想到居然是龍。魔王大人是怎麼籠絡到龍的啊？

無論如何，黑街判斷無法抵抗，於是找上我和格里奇伯爵這邊請求調解。

這是秋末的事。

克洛姆伯爵想問的，大概是這件事怎麼樣了吧。

「解釋完魔王大人的理由之後，他們同意縮小活動規模了。他們還說，如果一開始就把這些事說清楚，他們會乖乖聽話……」

「唉，根本不可能吧。」

聽到克洛姆伯爵這句話，我點點頭…………啊。

失敗了。不該在架桿的時候點頭……嗚。

魔王大人整頓黑街的理由很簡單。

有國賓級的人即將進入王都的加爾加魯德學園就讀。魔王大人要防止犯罪事件牽扯到他們，最好連邊都別沾到。

儘管我覺得有些保護過度，然而魔王大人將這件事看成會影響到魔王國存亡的大事。所以，一開始沒有告訴黑街那些人。因為，一定會有人覺得很有趣想要參一腳。

第二局我輸了，不甘心。

第三局。

喔，克洛姆伯爵雖然第一桿就讓四號球進袋，之後的情勢卻不太妙。

號碼最小的一號球與母球之間隔著七號球和八號球，沒辦法直接瞄準，要用邊緣反彈也很難。

看來很快就會輪到我了。

就在我這麼想的時候，卻看見克洛姆伯爵坐到桌上。

要做什麼？

克洛姆伯爵讓球桿垂直桌面。

他在做什麼？

我往前走了幾步，看清楚克洛姆伯爵想幹什麼。

克洛姆伯爵從上方撞擊母球，讓母球產生強烈的旋轉，避開七號球與八號球撞上一號球。

…………

「喂！剛剛那招超帥的叫什麼？」

「呵呵呵，這招叫剁桿（Masse）。」

「太、太詐了！只有你會這種招式！」

「這是你女兒教我的耶。」

「女兒？安德麗嗎？」

「不是，四女兒。」

「庫菈卡瑟？你沒對我女兒出手吧？」

「別講那種危險的話，要是我老婆聽到我會被殺掉。還有，我知道你疼女兒，但你覺得我會對那種人出手嗎？」

「真是抱歉。」

「你的四女兒，在魔王大人的朋友那邊過著安穩的生活。我不是拿了好幾封信給你嗎？」

「嗯。」

從庫菈卡瑟過去的行為，實在難以想像她會寫出那種信，所以我懷疑是假的，但是信裡用了只有我們家人知道的暗號，因此應該是我女兒的手筆。

更何況……

「我在『五號村』見過。魔王大人的朋友，是指那位陽子大人嗎？」

美麗又聰明的女性。而且，她的實力恐怕足以匹敵魔王大人。

我懷疑她是魔王大人的情婦……

「她的上司。」

看來不是。

「陽子大人的上司……原來庫菈卡瑟效忠的是那種人啊。」

「和我女兒一起。」

這點我知道。

聽說原本打理這間宅邸的侍女長荷莉，也過去那邊了。

儘管很想多打聽一點那方面的細節……但是我的本能要我別這麼做。

說是本能，不過這算是一種技能。這項技能沒有名字。普加爾家的歷代當家都有這項技能，類似神諭的東西。

蠢貨才會違抗這種本能。我就是順從這種本能，才有了如今的地位。所以我選擇遵從。

（千萬不能扯上關係。）

嗯，包在我身上。

還有，謝謝。

第三局是克洛姆伯爵贏得勝利。

這倒是無妨，我承認是你贏了。

所以，在開始第四局之前，先教我那招叫做「剁桿」的招式！使出來一定很帥！還有，你一定還藏了別招對吧！那些也教我！

閒話　決鬥的樣子

你好。我是卡納里亞克德。卡納里亞克德．格里奇，魔王國的伯爵。

直接進入正題吧。最近，我為了女兒的事煩惱。

我有好幾個女兒。

不說詳細數字並非我不愛她們，原因很複雜，還請諒解。

不，不是花心。不是花心喔。只不過，工作上總是會有些異性往來。唉，關於這點，要怎麼講才好呢，該說無法拒絕嗎……我很煩惱該如何向妻子解釋。

……不對。

確實這件事也令我很煩惱，但我現在要談的話題不是這個。

我想談的事情，和我的第五個女兒琪莉莎娜有關。

琪莉莎娜是個乖巧的女兒。由於姊姊們問題都很大，所以她的乖巧令我非常欣慰。

而且，等到姊姊們紛紛因為結婚或工作離家之後，她便開始在文武等方面發揮實力。儘管還在學園就讀，她的實力卻足以分擔我們伯爵家的政務。

或許是為了避免被姊姊們盯上，先前都在隱藏實力。我懂她的心情。

我也有點害怕那幾個女兒。若問我有多害怕，差不多是怕到講話時會對她們用敬語的地步。

可能會有人質疑自家女兒有什麼好怕的，那是因為他不認識我那幾個女兒們。

領內出了十件麻煩事，裡面必然有五件至少與她們其中之一有關，剩下五件則是她們正準備插手。

幾個當事者自稱是解決麻煩的(Trouble Buster)專家，不過在我看來，她們只是用新事件把舊事件蓋掉罷了。

我試過阻止那幾個女兒。然而一旦試圖制止，我自己反倒會受害，而且一樣攔不住她們。

害怕這樣的女兒有什麼不對嗎？身為父親或許不該如此，但我想確保自己的人身安全。

啊，她們一個個因為結婚或工作而離家了，真是謝天謝地。接納她們的地方，抱歉。特別是娶了她們的女婿大人，有事可以找我商量，但千萬別突然離婚，我需要先做好心理準備。

又離題了，大概是因為我不想面對現在的煩惱。

但是，這可不行。

因為，那個不會引發問題的女兒——琪莉莎娜要結婚了。而且，對象是個來歷不明的傢伙。難道我不相信女兒的眼光？碰上這種質疑，我還真難以招架。

不是我不相信琪莉莎娜的眼光，然而世上有種非常可惡的男性——那就是會讓女人哭泣的男人。這種可惡的男人，不知為何特別容易把女人騙到手。也許就是因為擅長騙女人，才會變成可惡的男人吧。

而且，女人往往容易迷上這種可惡的男人。我很想要她們冷靜一點。既然知道對方是可惡的男人，那就別跟他在一起嘛。和那個男人結婚讓他改過自新？不可能不可能，這種男人哪可能改過嘛。只會說好聽話把事情敷衍過去而已。

琪莉莎娜的對象不是那種可惡男人？很出色？文武雙全的程度甚至在琪莉莎娜之上？世上怎麼可能有這種男人！

更何況，根據我部下的調查，那個男的甚至跟基利吉侯爵起了衝突！你懂吧？基利吉侯爵是個麻煩的傢伙。我怎麼可以把琪莉莎娜交給一個會和那種人起衝突的男人！

琪莉莎娜是我的心靈避風港，我要為琪莉莎娜決定結婚對象，讓她留在我身邊生活！

我表示反對琪莉莎娜的婚事之後，便在宅邸中庭和琪莉莎娜決鬥。

為什麼會這樣？

不，質疑之後再說，重點是我非贏不可！家臣們都在看，我不能輸！我要贏下這場決鬥，讓琪莉莎娜清醒！

……慢著，放下那把殺意強烈的武器。空手決勝負。嗯，拜託空手。

我被痛扁一頓。

不愧是琪莉莎娜，每一擊都很重。但是，妳以為這點程度能夠讓我屈服嗎？心繫女兒的父親可是很強的。

在宅邸工作的魔法師，快治療我。琪莉莎娜，我們繼續。

我又被痛扁一頓。

大概是知道魔法師會治療吧，她出手不留情了，還會瞄準我的弱點。

但是……但是呢！這點程度的逆境我習慣了！就算戰力差距令人絕望也沒有關係，只要不放棄就不算輸！

魔法師，治療！

又被痛扁一頓。

魔法師，慢著。別治療了。還有那邊的家臣們，我一被揍你們就歡呼，這是什麼意思？

為琪莉莎娜加油？僱用你們的是我耶！你們忘了嗎！魔法師，所以說不用治療了啦。喂，是誰把我推出去的？琪莉莎娜，慢著……慢著——！

……………琪莉莎娜，我就認可妳的婚事吧。

嗯，我認可了，是我不好。

我決定相信那個把妳拐……不，相信妳認定的對象，所以我只有一件事要拜託妳。

我現在要肅清站在那邊的家臣們，幫我一把。

「父親大人，他們只是為我加油而已喔。」

「沒錯！琪莉莎娜小姐，恭喜結婚！」

唔唔唔唔……

閒話 「大樹村」的村長

我的名字叫尼凱。

在「好林村」礦山以採礦為業的獸人族男性。

最近「好林村」的景氣很不錯。

工作如雪片般湧來，只要肯幹活就有錢賺、有東西吃。

此外，買東西也方便不少。

以前，不是等幾年才來一次的行商，就是村裡組織採購團前往比較大的村落或城鎮買東西。有想要的東西時得拜託採購團，不過來回花上數個月是理所當然，而且不見得能買到貴重品。雖然有所不滿，但也只能接受。

然而，現在不一樣了。

差不多每七天會有飛行船來村裡一次。只要拜託飛行船的乘員，下次他們造訪的時候就會帶過來。就算是比較難買到的東西，也只需要多等一、兩趟，真是感激不盡。

這全都是因為我們有和「大樹村」做生意，飛行船也是從「大樹村」過來的。

「大樹村」。

位於死亡森林中心的村子。

一開始規模很小，但現在好像已經比「好林村」還要大了。

那種地方的村子居然能夠不斷擴張，實在難以置信。

不過，那是個會有龍造訪的村子，這點程度應該不成問題吧。

更何況，「大樹村」旗下還有飛天城堡。或許會有人懷疑我在說什麼蠢話，可是確實有座城堡在死亡森林上空緩緩飛行，從「好林村」看得很清楚。

能夠收服那種東西的村子，不可能是個普通的村子。

那個「大樹村」的村長派出使者，搭乘飛行船來到「好林村」。

「大樹村」十分體貼，派來的使者都是「好林村」出身的。

大多數的情況下，會是從「好林村」移居到「大樹村」的加特或格魯夫。我想這次大概也一樣。

看見加特和格魯夫了。真稀奇，兩個人一起來？

……怪了？

「大樹村」的村長也在？咦？

「大樹村」的村長造訪，讓我們村子的村長非常慌張。

多虧了他這種反應，我們反倒能夠冷靜應對。

不過，我們心裡還是七上八下。「大樹村」的村長造訪，向來會事先通知，但是這次沒有。

事情非常緊急？我們只能祈禱不是什麼對村子不利的內容。

相較於村民們的憂心，使者的來意倒是很普通。

以前，有些孩子從「好林村」移居到「大樹村」。

這些孩子之中，有三個長大要結婚了。

因此，「大樹村」那邊安排了慶祝的宴會，希望孩子們的親生父母能夠參加。

結婚的是……戈爾、席爾與布隆。原來是他們三個。這樣啊……他們要結婚啦，太好了。

我高興地向他們的父母們道賀。

但是，這幾位父母的臉色不太好看。

「『大樹村』的村長。感謝您特地告知此事，不過，那幾個孩子這些年都是交給您照顧，我們實在沒臉出席宴會。」

之後，「大樹村」的村長、加特與格魯夫試圖說服三人的親生父母們。

但是，三人的親生父母們始終沒有點頭。

…………

我懂他們的心情。

當時的「好林村」和「修馬村」起了爭執。雖然沒有爆發武力衝突，但是對方斷絕生意往來讓我們在經濟上走投無路。

老實說，那時候我們連還有沒有明天都很難講。

此時「大樹村」提出要和「好林村」做生意，救了我們。然而，也只是喘過一口氣而已。

若不想辦法修復和「修馬村」的關係，「好林村」只有死路一條——這是「好林村」居民的共識。

所以，我們向「大樹村」提出移居一事。

說是移居，當時的我們，其實是拋棄當不成勞動力的孩子。

要不是這樣，就不會都選些年紀小的孩子。

我們知道這樣是給「大樹村」添麻煩。老實說，我們也想過送往「大樹村」的孩子有可能被殺掉。儘管有想過，但移居一事終究沒有喊停。

結果，移居到「大樹村」的人們過得很好。小型飛龍會送來寫著他們日常生活點滴的信，讓孩子們的父母鬆了口氣。

但是，棄子的事實不會消失。

即使被拋棄的孩子們過得很幸福，父母們依舊沒立場露面。

這次結婚的戈爾、席爾與布隆，他們三個的父母想來更是如此。

因為戈爾、席爾與布隆當時才四歲左右。

咦？

在那之後應該過了九年……不，十年吧？

無論如何，戈爾、席爾與布隆是不是太早結婚啦？

雖然人家都說獸人族男性成長算快，但他們還是小孩子吧？

數天後。

三人的父母們答應出席戈爾、席爾與布隆的慶祝結婚的宴會。

「大樹村」的村長還真有耐心呢。

「已經退讓很多就是了……」

格魯夫一臉疲憊地說道。他也和「大樹村」的村長一起說服三人的父母們。

三人的父母們雖拒絕出席，卻不是不想祝賀。如果可以，他們很想祝賀，但是他們無法原諒自己。

大樹村的「村長」說服了他們。

「格魯夫，可以問個問題嗎？」

「怎樣？」

「以『大樹村』與『好林村』的關係來看，只要『大樹村』的村長命令三人的父母們出席，這件事就搞定了吧？為什麼『大樹村』的村長不下令啊？」

「用命令讓人出席也沒意義——村長是這麼說的。」

「這樣啊。」

確實，強迫出席也沒意義呢。

所以，他才會花上好幾天說服嗎？

……

看來我對於「大樹村」的村長還不太了解。

「『大樹村』的村長做到這種地步，是因為很欣賞戈爾他們嗎？」

「欣賞他們應該是沒錯……不過，若是村長，其他孩子們結婚時也會做出一樣的事吧。」

這樣啊。

在這之前，我雖然感謝「大樹村」，卻不會想接近。

因為，我妹妹也和戈爾、席爾與布隆一起移居到「大樹村」了。

但是，下次飛行船來的時候，我打算邀父母一同去看妹妹。

因為我不希望妹妹結婚時，又讓「大樹村」的村長為難。

閒話　身體不適

你好，我是鬼人族女僕之一。

今天原本輪到我休假，不過有人身體不適，所以我代替她工作。太棒了～

「休假根本不知道要做什麼！工作超開心～！」

唉呀，不行。要是高興得太露骨，會讓人以為我希望別人身體不舒服。

要安靜、優雅又確實地做好工作。

啊，自然而然地就哼起了歌……不行不行。

玩笑就開到這裡，宣稱身體不適的那位，是我們鬼人族女僕能幹的二號人物，拉姆莉亞斯大人。

拉姆莉亞斯大人居然會身體不適，令人無比震驚……然而她是裝病。

因為，她在宣稱身體不適之前，還搬了很多酒回自己房間。

但是，我不會說出去，因為我想工作。

不過有件事相當不可思議。

我看見拉姆莉亞斯大人把酒搬回自己房間時，安大人就在我旁邊。換句話說，安大人也知道拉姆莉亞斯大人是裝病……卻什麼都沒說。

若是安大人，即使對方是拉姆莉亞斯大人，她應該還是會直言勸諫才對……究竟怎麼回事？

安大人不可能沒注意到吧？既然如此，雖然我覺得不太可能……難道身體不適的並非拉姆莉亞斯大人而是安大人？

……哪可能有這種事嘛。我懂。還有，我不會到處宣傳，要專心工作。

晚上。

安大人往拉姆莉亞斯大人的房間移動。目的似乎是照顧拉姆莉亞斯大人。原來如此。

可是安大人？妳手裡的托盤，都是一些病患難以入口的東西耶——

我可不會這麼說，我是個能幹的女僕，這時候就要默默地目送她離去。

…………

儘管在意，但我畢竟不方便和她一起過去。

我要專心工作。

此刻，我正在拉姆莉亞斯大人房間外打掃。對，打掃。我很正常地努力打掃著。

打掃的聲音很小，是因為不想吵到她們，並不是為了偷聽。只不過，我會不小心聽到。僅此而已。

話雖如此……幾乎聽不到聲音。

我沒有弄錯房間，看樣子是用魔法防止漏音。唔，該怎麼辦呢？

即使只要偷看就好，但我們的房間位於村長宅邸之中。

沒有能夠偷窺的洞，就算找得到，也會有座布團大人的孩子們巡邏。換句話說……沒輒了。

不得已，放棄吧。能幹的女僕，不會錯過撤退時機。

我的心已經放棄，我的腳卻捨不得從拉姆莉亞斯大人房間的門前離開。

距離能幹女僕似乎還有一段漫長的路。

但是，就這樣留下也不會有任何進展。反而有高機率被安大人或拉姆莉亞斯大人發現，很危險。

我心知肚明，儘管心知肚明……卻壓抑不住好奇心。

就在我為難時，救星現身。

是村長。

村長也來探望拉姆莉亞斯大人嗎？

「就是這樣，妳也是嗎？」

是、是的，一點也沒錯。

我這麼回答，之後的事沒有多想。

「這樣啊。那麼，我們一起進去吧。」

沒料到村長會這樣回答的我，真是愚蠢。

敲門後，和村長一起踏進拉姆莉亞斯大人房間的我，看見拉姆莉亞斯大人坐在椅子上，她的神情和平常截然不同。

與其說截然不同……不如說，她喝得很醉。

「非常抱歉。」

安大人代替拉姆莉亞斯大人向村長賠罪。

「不，沒關係。我明白拉姆莉亞斯的心情。」

…………這是怎麼回事？

村長知道拉姆莉亞斯大人裝病請假還喝得大醉的理由？

正當我在腦中設想了許多種可能性時，安大人小聲將答案告訴我。

「以前拉姆莉亞斯照顧過的那幾個獸人族男孩暫時從學園回來，這件事妳知道吧？」

當然。

我還收到王都的土產。

「那幾個男孩好像要結婚了。」

結婚！

那幾個孩子嗎？

「對，接到報告的拉姆莉亞斯很開心，可是……」

可是？

「那幾個男孩，結婚之後似乎還是回不了村裡的樣子。」

啊～有可能呢。

村長對那幾個男孩有很高的期望。

要是結婚，想來短時間內回不了村子吧。

…………

那個……我知道是怎麼回事了，但我還是不懂拉姆莉亞斯大人裝病請假還喝得大醉的理由啊？

「這樣下去，她就沒辦法照顧那幾個男孩的孩子了吧？」

……………確實！

原來如此，我懂了！

如果我站在拉姆莉亞斯大人的立場，也會裝病借酒澆愁！

不能要他們承諾生了孩子之後帶回村裡嗎？

「就算男孩們有意願，也不知道妻子們會不會答應。」

唔。

「雖然我告訴她『想去王都其實很快，不要那麼在意』，可是……」

拉姆莉亞斯大人還是在意到喝得大醉。

「唉，明天應該就恢復正常了吧，何況村長也來了。」

說得也是呢。

「話說回來，妳剛剛一直待在門外對吧？」

……能幹的女僕不說謊。我老實地道歉。

「誠實是好事。為了拉姆莉亞斯的名譽著想，這裡的事不准外傳，妳懂吧？」

我絕對不會說出去。

「那麼，再陪我們一下。拉姆莉亞斯拿來的酒和我拿來的食物都還有剩。」

看來確實如此。那麼恭敬不如從命。乾杯……好像不太對？我被拉姆莉亞斯大人瞪了。

「乾杯不是很好嗎？」

在安大人的催促下，村長接著說道：

「沒錯，慶祝戈爾、席爾、布隆結婚，乾杯。」

聽到村長和安大人這番話，拉姆莉亞斯大人舉起酒杯。

「嗚嗚嗚……那麼小的孩子……不知不覺間就長大了……還被不認識的女人給……可是，結婚值得慶祝。乾杯。」

即使這天的拉姆莉亞斯大人有點難搞，但是我已經答應不說出去，所以沒告訴任何人。能幹的女僕會遵守承諾。

隔天，和安大人說的一樣，拉姆莉亞斯大人復活了，不愧是拉姆莉亞斯大人。說換人好像怪怪的，總之變成我身體不適了。

不是裝病喔，是宿醉。

拉姆莉亞斯大人拿回房間的酒，酒精濃度太高。雖然真的很好喝就是了。

看見理應喝得比我還多的村長、安大人與拉姆莉亞斯大人顯得若無其事，讓我稍微感受到了世間的不公平。

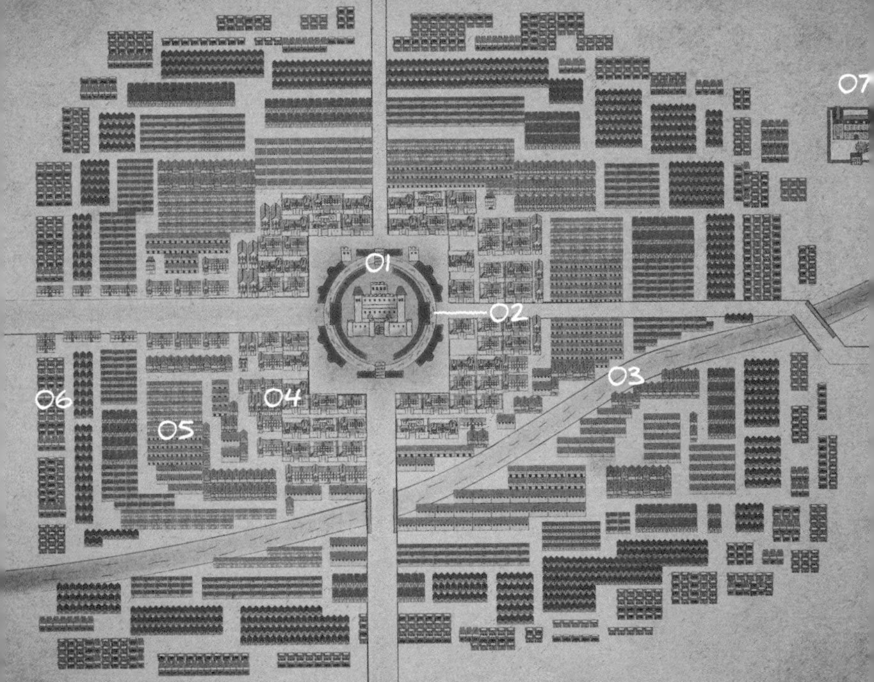

Farming life in another world.

Final chapter

Presented by
Kinosuke Naito
Illustration by
Yasumo

〔終章〕

阿爾弗雷德的學園生活

01.王城　02.護城河　03.河川　04.貴族宅邸　05.居民房舍　06.商店　07.貴族學園

1 春天的準備

暴風雪接連持續了幾天之後，讓人感受到冬季將盡的暖和日子到來。

但是，我不會掉以輕心。暴風雪多半還會來，根據過往的經驗是這樣。

…………

唉呀，就算沒有暴風雪也別生我的氣。

好幾隻小黑的子孫們跑到外頭，把雪撥開四處奔跑。大概是為了躲避暴風雪而窩在小屋和宅邸裡，讓牠們累積了不少壓力吧。

順帶一提，奔跑的都是這兩年出生的孩子們。然後呢，待在宅邸附近無雪處的則是稍微年長一點的世代。更為年長的世代，都窩在小屋或宅邸中沒出來。因為牠們知道寒冬還會繼續，也習慣冬天窩在屋子裡了。

至於小黑與小雪，則是在享受我房間的暖桌。以前，牠們就算是暴風雪也會為了守衛村子而往外跑呢……現在一碰上暴風雪就會乖乖避難了。

理由有二。

第一，會不顧暴風雪來襲的魔物和魔獸，就算待在屋裡一樣能注意到。

第二，芬里爾們根本不在意暴風雪，照樣在戶外亂跑。

目前，芬里爾包括了與某隻小黑孩子結合的母親，以及這位母親生下的十五隻孩子。今年出生的三隻雖然還小小的很可愛，但是前面的十二隻已經長得和母親差不多大甚至更大。

這些芬里爾們，除了「大樹村」外，也會看顧「一號村」、「二號村」與「三號村」，所以在暴風雪來臨時，小黑的子孫們能夠安心地窩在屋子裡。

反過來說，冬季以外的時期就由小黑牠們努力，類似責任分攤吧。當然，冬季以外的時期，芬里爾一家也沒有都在玩。

順帶一提，芬里爾一家比較大的十二隻孩子。

我原本以為牠們會和小黑的子孫們一樣外出尋找伴侶，但是沒有。

牠們和母親一樣，選擇小黑的子孫們當伴侶。以種族來說這樣好嗎？不會考慮去尋找應該在別處的其他芬里爾嗎？既然當事者們認為這樣就可以，那我也沒什麼好在意的就是了。

嗯？以芬里爾為伴侶的小黑家族成員，憂心地看著我。不不不，我不反對喔。

體型差異的障礙能夠克服，這點芬里爾媽媽與出身於小黑家族的爸爸已經證明過了。我只是覺得奇怪，明明外面還有其他芬里爾可作為伴侶，你們卻沒有往外跑。

嗯，即使已經變暖，但積雪還是很冷呢。我知道我知道。沒關係，不用勉強。愛的形式有很多種。

無論如何，春天近了。

阿爾弗雷德和烏爾莎前往王都學園就讀的日子也近了，好寂寞。

但是，兩人為了進學園就讀做了很多努力，所以我不會到這種時候還喊停。

還有，和他們一起進學園就讀的人選，決定是蒂潔爾了。

娜特、利留斯、利格爾、拉提、特萊因，以及數名蜥蜴人小孩，也都做了充足的準備而列入候選名單，但是瑪爾比特提醒我，一次送太多人過去會失去在新環境學習的意義，所以最後只有蒂潔爾。

確實，熟人多雖然能安心，新的邂逅卻會變少。如果只是換個上課地點，就會喪失去學園的意義。

我認同這種看法，決定只讓他們三人前往王都的學園就讀。

至於其他人，我有問過他們要不要進「五號村」或「夏沙多市鎮」的學園，然而孩子們表示，如果不能和阿爾弗雷德與烏爾莎同行，寧可維持現狀留在村裡上課。

嗯～孩子離村進學園就讀會讓人感到寂寞，但是賴在村裡又會讓人有點不安。

我希望，他們能見識一下遼闊的世界。見識過之後，假如依舊想待在村裡生活倒是無妨，這是我的看法。

這次不能去的孩子們，是不是延到明年再去就好？改天和母親們商量吧。

從「四號村」來了個自稱托吾的人。

托吾・佛格馬。

一名看上去年約五十的男性，像個船長。之所以說他像，是因為他的服裝。

據說在太陽城正常運作的年代，他是太陽城專屬飛機「普洛姆」的機長。

縱然是飛機，卻和我所知道的飛機不同，比較像一艘沒有船帆只有船身的船。在我的想像中，就類似一艘很大的飛天遊艇吧。

飛機外觀如此，所以大家對托吾的稱呼不是機長而是船長，他那身裝扮好像是為了配合這點。

但是，太陽城財政出問題時，最先賣掉的就是那架叫普洛姆的飛機。把往來太陽城所需的飛機賣掉是想怎樣啊？我聽到後不禁感到疑惑。然而當時還有定期航班，往來不成問題。

於是，托吾失去工作，為了節省燃料而沉眠。

如今的太陽城——「四號村」沒有飛機，也沒打算買回來，所以貝爾等人儘管喚醒了托吾，卻打算將他留到最後才外派，這次因為阿薩要去學園，才讓托吾擔任空出來的溫泉地傳送門管理員。

按照貝爾的說明，托吾已經接受了管理溫泉地傳送門的工作……但是「大樹村」有萬能船。會飛的船。他搭著萬能船來到「大樹村」，表情十分誇張。

托吾就這麼搭上萬能船回到「四號村」，還綁了個女性過來。

「這傢伙會管理傳送門。所以，請讓我當那艘船的船長。不，就算是船員也沒關係！拜託您！」

「慢著，我是太陽城的武裝管理員耶！」

「那裡已經不是太陽城，而是『四號村』。而且沒有需要妳管理的武裝，全都賣光了。換句話說，妳也沒工作。有什麼意見嗎？」

「當然有！還有最終兵器！我的工作就是管理那個！」

…………

我好像聽到什麼最終兵器耶，沒問題嗎？

「那叫什麼最終兵器！明明就是用人力丟石頭吧！」

看來沒問題。

「不、不要小看石頭喔！從那種高度掉下來的石頭威力有多強，你要親身體驗一下嗎？」

「想要砸中我，需要多少顆石頭呀？」

「我宰了你。」

女性雖然開始大鬧，卻束手無策。畢竟她被綁起來了。

「放開我！」

總而言之，為了繼續討論正事，我要托吾離女性遠一點。然後，我解開綁住女性的繩子。

女性的名字叫優兒．佛格馬，特徵是眼鏡和一頭波浪捲長髮。某間大企業的秘書——這是我對她的第一印象。只要不說話就是美女。

獲釋的優兒向我一鞠躬，接著就要去追殺托吾，卻被阿薩攔住了。

阿薩大概是聽說接手人選出了狀況才趕來的吧。

阿薩、托吾與優兒三人開始討論起來。

不對。只有阿薩和優兒在討論。托吾基本上只在阿薩說完之後點頭，看來他是把說服優兒一事交給阿薩了。

「優兒，管理傳送門雖然不難，卻是重責大任。妳應該比托吾更適合接手這份工作。」

「說是這麼說，但我還有太陽城的工作。」

「太陽城沒有武裝，妳沒有工作。」

「還、還有最終兵器需要我調整啊！」

「挑選用來丟的石頭算不上調整，妳差不多該面對現實了。」

「才、才不是！明明就有武裝！」

「我們沒有。而且，要是妳繼續堅持，我們全都會遭到質疑，這點妳明白嗎？克制一下妳那些危險的發言。」

「嗚、嗚嗚……」

「很高興妳分得清緩急輕重。那麼，妳願意接手管理傳送門了吧？」

「……傳送門的防衛武裝呢？」

「沒那種東西，那裡很和平。」

「什、什麼都沒有？我是武裝負責人！管理武裝就是我的存在意義！」

「附近有河，很容易收集到適合丟的石頭喔。」

啊，優兒哭出來了。

嗯……

可是，我無能為力啊，這個村子沒有那種危險的東西。

即使我這麼想，卻有人不這麼認為。

那就是山精靈們。

山精靈之一拍拍優兒的肩膀，示意她看某個東西。

投石機。

什麼時候組裝起來的？連雪都清完了。

而且，那架投石機後面，投石機用的彈藥擺得整整齊齊。從右邊開始，依序是普通的石頭、普通的石頭、普通的石頭、普通的石頭、木桶。

木桶？

「木桶著彈之後會冒煙，是煙霧彈。」

什麼時候做出那種東西的？煙霧是基本中的基本？雖然我不知道是什麼基本，但是不會危險吧？要是爆炸就麻煩囉。

我在意的是木桶，但優兒在意的是普通的石頭。

「唔……這些石頭的挑選標準……原來如此。」

優兒和山精靈似乎達成了某種共識。雙方握手。

然後，她們看向我。

…………

我知道了。

投石機就放在溫泉地吧。但是，平常要拆開來保管喔，因為很危險。

而且呢，拆開之後一個人大概裝不起來，這點我就不提了。

阿薩的接班人選決定是優兒。

為了交接，阿薩帶著優兒去溫泉地。

托吾留下並帶著滿面笑容。

嗯，想在萬能船上工作是無妨啦。記得和已經在船上工作的惡魔族船員們好好相處。不過大家都是「四號村」的居民，應該沒問題才對。

三天後。

優兒一個人就把投石機組裝好了。

物理上做不到，但這個世界有魔法。能一個人把拆開的投石機組裝起來，這點的確令人佩服。

嗯，就算妳說想要追加投石機，我也很困擾。

還有，托吾成了萬能船的船長。

似乎不是篡位，而是靠實力。確實，他指揮起來有模有樣。
既然惡魔族船員們能接受，那就沒問題。
至於前任船長……啊，變成副船長啦？加油。

要說有什麼擔心的地方，就是托吾和優兒的關係……不過看來沒問題。
現在，他們的感情已經好到會商量要在萬能船上搭載投石機了。哈哈哈，不可以喔。

題外話。
優兒正在聽阿薩講解傳送門的管理須知。
「阿薩，傳送門使用者的種族欄寫著『牛』，這是指半人牛族嗎？」
「不，普通的牛。牠們冬季常來。妳看。」
「……是牛耶。」
「就是牛。」
「不過，使用者名稱那一欄有寫上名字耶。」
「為了區別個體，我幫牠們取了名字。放心，我會一一告訴妳。」
「…………」
據說交接內容裡，最困難的部分在於辨別來的是哪匹馬或哪頭牛。

2 第十七年的春天

春天到了。

天氣真好。雖然風還有點冷，不過曬得到太陽的地方很暖和。

蓄水池傳出破冰聲，大概是池龜醒來的動作吧。

世界樹上的蠶紛紛破繭而出，活力十足地吃著葉子。牠們還沒吃完，葉子就長出來的畫面，實在是不可思議。

順帶一提，不死鳥幼雛艾基斯在蠶剛醒來就上前挑戰，後來因為落得慘敗的下場而傷心不已。戰鬥瞬間就結束了呢。

敗因很簡單喔──冬天吃太多。不僅如此，還因為天氣冷所以沒怎麼飛行吧？嗯，變得圓滾滾的。

鶩，不可以太寵艾基斯喔。勝負不重要，但是太胖不好。

嗯？怎麼啦兵蜂？要我去對女王蜂說一樣的話？記得有隻大了一圈……不，大了兩圈的女王蜂……不是本來就會長成那樣嗎？不對？這樣啊……我知道了。晚點我會去檢查蜂巢，到時候會講。只會口頭說喔，不要太期待。

那麼，再來是……貓一家啊。

對我抱怨也沒用，把我房間暖桌收起來的是安。呃，雖然我也覺得還早。客房的暖桌應該沒事喔，如果去那邊……那邊有瑪爾比特她們在搶啊？這樣的確進不了暖桌呢。

知道啦，別抓我。

我會和安講一聲，要她為你們找個房間擺暖桌。

我只能做到這樣，安答不答應就不曉得了。

不過嘛，既然願意為了向我抱怨而跑到外面來，習慣沒暖桌的環境之後，就會忘記這回事吧。

冬天一直窩在暖桌裡的小黑和小雪，現在也精力充沛地在外面到處跑。

…………

牠們身上沾到了很多不該沾到的泥巴，這該不會是要抗議安把暖桌收起來吧？沒問題吧？

進屋裡前，記得先去洗一下或者去溫泉一趟。

我到了客房，目睹瑪爾比特等人的爭執。

這回她們爭的，並非慣例的要不要回去。瑪爾比特、蘇爾蘿與莅茲瑪莉亞堅持還是冬天而窩在暖桌裡，琳夏則試著要把她們三個拖出來。

「平常會因為派閥什麼的爭吵，這種時候倒是很要好呢。」

抱著蘿潔瑪莉亞的格蘭瑪莉亞就在不遠處。

蘿潔瑪莉亞長大了呢。她現在一歲多，將來一定是個美人。

站在格蘭瑪莉亞旁邊的，則是抱著孫兒笑得合不攏嘴的格魯夫。他懷裡的嬰兒去年夏天才出生，所以還很小。

不過，格魯夫已經對嬰兒稱讚有加，說這個孩子將來會成為最強的武者。人家是女孩子喔？這樣講好嗎？還有，你把孩子帶出來的時候，有先徵求你兒子或兒媳的許可吧？

…………

嗯，格魯夫。

那個許可，是「可以在房間裡抱著玩」這種程度的許可，應該不是答應讓你把孩子抱到外面喔。有記得讓孩子穿厚一點是值得稱讚啦……看吧，你家兒媳來了。

要我掩護你？我也會怕耶……只、只限這次喔。

格魯夫這邊勉強搞定，但是瑪爾比特那邊毫無進展。

不，蘿潔瑪莉亞來了，所以菈茲瑪莉亞脫離戰局。

喔，格蘭瑪莉亞帶蘿潔瑪莉亞過來，其實是琳夏的計謀嗎？原來如此。

這麼一來，剩下的兩人也……啊，是用暴力。

畢竟是二對一，我原本以為會是琳夏不利，然而落入下風的好像是機動力被暖桌封住的瑪爾比特和蘇爾蘿。

哇，瑪爾比特用橘子皮擠出的汁攻擊琳夏的眼睛。好狠！

但是，琳夏華麗地躲掉了。然後，汁液噴到蘇爾蘿的眼睛。

內訌爆發，琳夏贏得勝利大概是時間的問題吧。

…………

總而言之先避難，別讓蘿潔瑪莉亞看到。

春天來臨，所以座布團也醒了。

座布團正和牠的孩子們聯手，全力製作新衣。

不是我的遊行服裝，而是為阿爾弗雷德、烏爾莎與蒂潔爾準備的學生服。

三人就讀的學園沒有規定制服，這是魔王的要求。

他說，希望有個能一眼就看出三人是村裡出身的特徵。

接獲要求的文官少女組們，一開始是推動在披風上描繪「大樹村」紋章的方案。我當初也同意，然而一看見試作品我就表示反對。

因為，那可是在漆黑的披風上用金線繡出大樹啊。雖然帥，但是太華麗了點。不，相當華麗。

而且，這個披風。

不止他們三人，預定是全體村民都有一件。

大家都穿或許就沒什麼好害羞的，但我還是想避免。然後，既然要反對，就得提出替代方案。

於是我提議做一套制服。儘管會有男女之分，不過用上共通的設計應該就沒問題了吧。

我已經將所知的西裝外套型制服相關情報都告訴座布團了，想必能做出一套適合阿爾弗雷德他們的制服吧。

題外話，那件試作品披風，遊行的時候我得披上它。

……只限遊行的時候喔。

3 三人啟程

春天的遊行平安結束。

這次遊行的主角，是阿爾弗雷德、烏爾莎與蒂潔爾三人。

他們短期內不會回來，因此這次遊行是巡迴各村。而且，他們三個人名義上是「五號村」出身的，所以在「五號村」的規模格外盛大。

這倒是無妨，不過每個村子的遊行都變得像誓師典禮是怎麼回事啊？

「五號村」的居民還嚷嚷著三人若有什麼事必定趕去。他們一邊講這些話一邊舞刀弄槍，聽起來就像三人碰到什麼狀況一定馬上打過去。

以「二號村」一員身分參加的葛拉茲，不要去想什麼行軍路線。魔王國是自己人吧？

在「五號村」遊行最後負責迎接三人的魔王，臉都痙攣囉。

即使有一段魔王迎接三人啟程的演出，然而他們並沒有就這樣出發。還是要先回「大樹村」。啟程日是明天。

與三人同行的包括土人偶厄斯，與前溫泉地傳送門管理員阿薩。而混代龍族派來的另一人，則是剛剛抵達。

「敝人是梅托菈，還請多多指教。」

一頭有藍白鱗片的龍，人類形態則是年約三十的女性。

她姿勢挺拔，穿著有古典感的長裙女僕裝。我心想：「龍穿女僕裝還真罕見」此時，德萊姆在旁幫忙解釋。

她是在萊美蓮底下工作的混代龍族之一。

這回是受到那些擊退鯨魚的混代龍族所託而來。當然，有得到萊美蓮的許可。

順帶一提，她另外有個名字，叫做丹妲基。我對這個名字有印象，之前哈克蓮提過——混代龍族最強者。

至於為什麼會有另一個名字，原因之一在於當事人不喜歡丹妲基的發音。還有一個原因，則是一旦報上丹妲基這個名字，就會有想爭奪混代龍族最強寶座的傢伙跑來挑戰。

「就算贏了我，上面也還有遙不可及的德斯大人和萊美蓮大人。雖然不怎麼值得誇耀，可是被『最強』這個稱呼吸引的人實在太多……」

丹妲基顯得有些困擾。不，應該是梅托菈。

她要用哪個名字，我倒是不在意。我覺得用當事者喜歡的名字就好。

問題在於，孩子們能不能託付給這位混代龍族最強。既然她曾經侍奉萊美蓮，代表能力毋庸置疑。

只是我在想，這樣會不會有點失禮……

德萊姆看出我的不安。然後，他笑著說完全是白擔心。

梅托菈並不排斥伺候別人，而且若真的不願意，就算是萊美蓮下令她也不會來到這裡。

更何況，拜託她照顧的三人之一——烏爾莎，被視為我和哈克蓮的女兒。既然是哈克蓮的女兒，就是萊美蓮的孫女。梅托菈也笑著表示，要伺候她完全沒問題。

真的是這樣嗎？看來真是如此。

「話說回來，火樂大人。」

梅托菈突然一臉認真地說道。

「怎麼啦？」

「我要照顧的對象，是那三位嗎？」

梅托菈的視線彼方，是烏爾莎、阿爾弗雷德與蒂潔爾。

「沒錯。不好意思，就麻煩妳了。」

「我聽說，工作內容是替進魔王國學園就讀的令公子、令千金打理生活起居，沒有錯吧？」

「嗯，沒有錯。」

應該沒錯吧？照理說不會有問題才對。

「恕我失禮。因為看起來像要準備攻打魔王國。」

哪有這麼危險，到底怎麼看才會想成這樣啊？

「看見他們周圍有那麼多地獄狼跟著，實在沒辦法不這麼想……」

…………

小黑的子孫們，只是捨不得和他們三個分開而已啦。

阿爾弗雷德他們三個明天出發，所以我和他們個別面談，提些需要注意的事。

雖然可能會有人嫌煩，但是身為一個擔心孩子的父親，這些話不能不說。唉，我提醒的那些，希望三人至少十句裡能記住一句。

再來……就是別忘了享受村外的世界。或許我不該講這種話，但如果在外面覺得很難受，回來也沒關係。不要覺得逃跑很可恥，活下來比較重要。

儘管還有很多話想講，不過露和蒂雅出面阻止，我只好就此打住。嗚嗚……

烏爾莎今年差不多十三歲。阿爾弗雷德與蒂潔爾今年十歲。上學是無妨，可是我覺得他們要過宿舍生活還太早了耶……

這天晚上，辦了一場盛大的宴會當送別會。

平常喝不多的我，不禁喝過了頭。

隔天，烏爾莎、阿爾弗雷德、蒂潔爾、土人偶厄斯、前溫泉地傳送門管理員阿薩，與混代龍族梅托菈一行六人，藉由比傑爾的傳送魔法啟程。

乾脆俐落。

有戈爾、席爾與布隆他們三個在，加上魔王和比傑爾、葛拉茲等一堆熟人，應該很安心吧？

我擔心得無法工作，待在自己的房間裡發愣。

露和蒂雅大概也很擔心孩子們，卻感覺不出來，看上去和往常一樣。

我覺得可以表現得更寂寞一點……也許是因為有露普米莉娜和奧蘿拉在吧？和我一樣寂寞的只有座布團，牠顯得相當失落。畢竟座布團特別疼烏爾莎嘛，也可以說烏爾莎最讓人操心。

啊，不好。一想到這裡，眼淚就要掉下來了。

不不不，這麼不安像話嗎？必須相信孩子們。

我和座布團中午過後便振作起來了，這麼一來就恢復原狀。

並沒有。

送走孩子們之後，有個人窩在自己房間裡不肯出來。是哈克蓮。

哈克蓮不想和烏爾莎分開。儘管如此，她卻一直演得好像分開也不要緊，口氣還很嚴厲。可能也和說了重話有關吧，她一直哭。

我去她房間鼓勵她好幾次都沒有用。

「哈克蓮離家出走時，萊美蓮也是那樣。」

晚餐時，德斯用回憶往事的口氣說道。

「今天就放過她吧。明天之後如果還是那樣，我可不放過她。」

萊美蓮不好意思地對我這麼說。什麼放過不放過，我沒生氣喔。別說生氣了，我甚至想誇獎她很努力呢。

「萊美蓮。哈克蓮離家出走時，妳哭了一整年……」

萊美蓮出手把德斯打趴在地。

沒事嗎？好威猛的一拳……還活著吧？那就好。

德斯回到座位上開導萊美蓮。

「哈克蓮會哭是因為關心孩子，這不是很值得高興嗎？」

「但是，她的親生兒子是火一郎呀。她好像忘了這件事，我是不滿這個。」

「那是因為妳黏著火一郎不放…………啊，不，沒什麼。呃……唉，連妳振作起來都需要時間，不用因為是女兒就那麼嚴苛吧？」

「烏爾莎只是去上學吧？那孩子可是離家出走行蹤不明耶？」

「話是這麼說沒錯，但是哈克蓮離家出走時年紀已經不小囉。更何況，各地都有報告或者說怨言傳過來……」

「可是……」

德斯努力幫忙安撫萊美蓮，所以我決定再觀察一下哈克蓮的狀況。

畢竟是哈克蓮，總不至於哭上一整年吧。應該幾天之後就恢復原狀了。

我相信哈克蓮。

哈克蓮在五天之後恢復原狀。

恢復的契機，則是烏爾莎的信。

…………

不，我相信我的鼓勵也有效果。

4 牧場擴張與烏爾莎他們的信 第三十天

烏爾莎、阿爾弗雷德與蒂潔爾進學園就讀，已經滿一個月。不只是我，村民們也習慣沒有三人的生活了。

雖然一如往常，卻還是有些小改變。

首先，娜特接替烏爾莎成為孩子們的領袖。

由於沒經過正式指名，所以我原本以為利留斯、利格爾、拉提與特萊因可能會努力一下，然而他們沒有表現出競爭的意願，選擇服從。

娜特的年齡比其他人稍微大一點，或許也是原因之一。她很努力地要當大家的姊姊。

娜特的實力，其實足以進學園。

實際上，直到定案之前不久都還是烏爾莎、阿爾弗雷德與娜特他們三個，最後是基於當事人的意願而讓給蒂潔爾。

我以為娜特退讓的理由在於她不是我的孩子，不過並非如此，而是因為她判斷只有蒂潔爾攔得住烏爾莎和阿爾弗雷德。同樣地，蒂潔爾似乎也只有烏爾莎或阿爾弗雷德攔得住。

換句話說，娜特宣稱不把那三人湊在一起會很危險。

儘管我認為應該沒這回事，但是詢問阿爾弗雷德之後，他卻強烈贊同娜特和蒂潔爾交換的方案，於是決定由娜特留下。因此娜特沒辦法去學園，我對此感到很愧疚。

必須找個機會彌補才行。

再來，死靈魔導師也成了孩子們的教師。

死靈魔導師是在哈克蓮哭個沒完時找來的代理人，她希望能夠就這樣留任。

死靈魔導師無法說話，由智慧魔劍庫閻坦代為發言。所以，她被稱為魔劍老師，很受孩子們歡迎。

主要教導魔法方面的知識。

魔法很方便，所以我希望她能夠好好教導孩子們，儘量以人稱「生活魔法」的小規模法術為主。

至於其他教師們呢，不知道為什麼總是想教大規模攻擊魔法。一來我覺得這對孩子們來說還太早，二來很難。何況就算努力學會也沒地方用。

最後，我和其他孩子們的交流時間好像變長了。之所以講好像，是因為我沒有自覺。鬼人族女僕們提起之後我才注意到。

不過嘛，孩子們很高興所以無妨。

硬要說有什麼問題，就是火一郎現在會想來我這裡，讓萊美蓮變得很失落吧。

雖然對於一直幫忙照顧火一郎的萊美蓮有點不好意思……但火一郎是我的孩子，我可不會客氣。

可是，將來讓火一郎進學園沒問題嗎？這部分得找哈克蓮和德斯商量才行。

小改變大概就這樣吧？

假如要追究得更細一點，還有鬼人族女僕的排班內容改變、做的飯菜量不同等等……這一個月來已經習慣了。

烏爾莎、阿爾弗雷德與蒂潔爾去學園，就我的心情上來說是重大事件，然而對於村裡的影響似乎不大。即便鬆了口氣，卻也有點遺憾，感覺很複雜。

為了整理心情，我決定擴張牧場區。

原先十二面×三十六面的牧場區往東北方擴張，變成十六面×五十二面。

除了平地之外，我還做出小山丘讓牧場裡有斜坡，就連樹林也造了。原本挖在牧場區北邊的水池也納入牧場區範圍內，不過應該沒問題吧。

草也準備了許多種類，長短各有不同。雖然量和位置變得難以掌控，不過牛群和馬群都很高興。

話先說清楚，我擴張牧場區不是單純為了整理心情，也是因為牛、馬、綿羊與山羊的數量增加了。所以，牛棚、馬廄、羊圈與山羊圈也要加蓋。

牠們晚上都會回到屋裡，代表住起來還算舒適吧。

由於牧場區擴張，小黑子孫們的警衛範圍也隨之增加，而牧場區可以穿越，所以看來沒問題。偶爾也能看見小黑的子孫們和座布團的孩子們在牧場區悠閒地休息。

小黑的子孫們不用擔心，但是座布團的孩子們可要小心別被山羊踩到喔。牛、馬、綿羊不用煩惱這問題，牠們很聰明，不會踩到你們。山羊縱然也很聰明，卻喜歡惡作劇，說不定會故意踩你們。即使曉得不至於被踩扁，但我還是種幾棵比較高的樹供你們避難吧。

樹長好之前，避難地點就是這張桌子囉。

對於我的提醒，座布團的孩子們很有精神地舉腳回應。很好很好。

然後，小黑的子孫們則是羨慕地看著桌上的座布團孩子們。

…………

知道啦知道啦，要幫你們做什麼比較好？不用？一起玩？

好，那就玩球吧。

聽到我這句話，小黑的子孫們眼睛一亮，就連遠處的也跑來了。

啊……這裡是牧場區，注意不要給牛、馬、綿羊與山羊們添麻煩喔。

我陪小黑的子孫們玩到天黑。

途中牛幫忙撿球讓我吃了一驚，不過我有稱讚牠。

在我擴張牧場區時，瑪爾比特她們回天使族之里了。

平常總會拖到最後一刻的瑪爾比特，今年不知道是怎麼商量的，變得很老實。

回去的是瑪爾比特、琳夏與蘇爾蘿。格蘭瑪莉亞的母親菈茲瑪莉亞留下來了。

至於菈茲瑪莉亞，此刻正待在天使族的別墅陪孫女蘿潔瑪莉亞玩。格蘭瑪莉亞工作時，似乎會將女兒交給菈茲瑪莉亞照顧。蘿潔瑪莉亞也很喜歡菈茲瑪莉亞所以沒問題。

懷孕中的庫德兒與可羅涅也待在別墅悠哉度日。兩人撐過懷孕初期的不適之後一直想到處跑，要讓她們安分相當費力。

可是，菈茲瑪莉亞全都攔下來了。

兩人一直以來都和格蘭瑪莉亞膩在一起，所以和菈茲瑪莉亞也很親密。就是考慮到這一點，菈茲瑪莉亞才留下的嗎？若是這樣，得感謝瑪爾比特她們才行。

蒂雅、奧蘿拉，還有琪亞比特似乎常去拜訪菈茲瑪莉亞。大概有些天使族才能分享的問題吧。儘管會在意她們談論什麼，但我決定不多問。

天使族可能也有些種族專屬的問題。

好比說，呃……假如飛行中翅膀發癢，要怎麼優雅地抓。

不，或許是比較正經的話題。應該吧。

最近，露常找魔王與比傑爾討論事情。我原本以為是要問烏爾莎他們的狀況，但好像不是。其中有些關於經濟和流通的詞彙，是要開始一門新生意嗎？

露說，這件事對村子沒什麼影響，所以會等到有個雛形之後再告訴我，因此我沒有追問。

相較之下，我對烏爾莎他們透過比傑爾送來的信更感興趣。座布團已經在旁邊等著看信了。

我也想快點看。

為了讓烏爾莎他們可以常寫信，我給了他們大量的紙和墨水。因此，大約每隔五天會收到一次信。

這次寫信來的是烏爾莎、阿爾弗雷德、蒂潔爾……還有厄斯。

首先是烏爾莎的信。

學園生活看來沒問題。戈爾他們幫忙做了很多安排，所以沒什麼不便之處。

雖然交了新朋友，但有些無聊。

信上寫著想去冒險者公會登錄……一起看信的座布團煩惱了一會兒之後比出許可的手勢，那麼回信時我就寫答應吧。

烏爾莎的信大概就這樣吧，晚點拿給哈克蓮。

再來是阿爾弗雷德的信。

信上寫著每天都有新發現，很開心。

……………

只有這樣？身為兒子，應該可以多寫點內容吧？

不，慢著。

上次來信的內容是不是也一樣啊？

座布團很快就拿了上次的信過來。嗯，即使用詞不同，但內容和上次一樣。這得提醒一下。

不必硬擠些內容出來，但我希望他至少能學會寫點簡單的信。儘管內容這樣，不過之後還是要拿給露看。

再來，蒂潔爾的信。

這是蒂潔爾寫的第一封信。信上寫些什麼呢？我有點期待…………怪了？

這不是信，而是關於魔王國的報告書。

像魔王國的組織圖、人際關係與資金流動之類的……她是怎麼調查的啊？

嗯？喔，認識了商人啊？原來如此原來如此。

話說，就算問相熟的商人，這些情報也未免太詳細了吧！那傢伙沒問題吧？不是什麼可疑男子吧！

……女性啊，那就好。

不，這不是重點……麥可先生的熟人…………那應該沒問題。

下次見到麥可先生時再問清楚吧，還得向他道謝才行。

呃……還有啊？

瑪爾比特她們去了學園？回程時繞路過去看蒂潔爾嗎？我都一直忍著沒去耶，這樣有點奸詐喔。

總而言之，該教教蒂潔爾怎麼寫信……不，這樣寫倒是能看得一清二楚，算很方便？嗯……

回信要她別給那位認識的商人添麻煩吧，這封信晚點給蒂雅。

最後是厄斯的信。

信上說他在街上開店了，希望能送咖啡豆和紅茶茶葉過去。

呃，要做生意是沒關係，但是烏爾莎的事不用管了嗎？烏爾莎確定去學園時，你堅持同行不就是為了陪在她身邊嗎？

…………

而這個疑問的回答也寫在信上。

阿薩和梅托菈很可靠所以沒問題。信上寫著，他希望盡可能幫上烏爾莎的忙。

所以才開始做生意嗎？原來如此。

信上還寫著，咖啡豆和紅茶茶葉的品質不用太好也沒關係。他是在客氣嗎？

這些東西由於「五號村」開了甜點店而增產，送最高級的過去也行……不過就按照厄斯的要求，給他二級品吧。

順便也送點資金過去好了，錢多多益善嘛。

座布團提議順便送點調味料過去，所以我也準備了。

雖然對比傑爾不太好意思，但這點程度應該不要緊吧。如果真的不行，我就拜託始祖先生……

最近都沒見到始祖先生，他好像很忙。

理由我問過了。

德斯他們趕跑的飛天鯨魚，似乎在很多地方引發了災害。

儘管處理得早所以災害規模很小，但是發生非常多起。各地教會都忙著救災與援助。

始祖先生沒有直接到現場，而是以負責人的身分待在教會總部。下次始祖先生來的時候，慰勞他一下吧。

總而言之，這次就麻煩比傑爾。當然，我都有付錢喔。

至於厄斯寫來的信，就放到烏爾莎的房間保管。

閒話　王都生活　阿爾弗雷德篇

我的名字叫阿爾弗雷德。阿爾弗雷德·街尾。「大樹村」村長的兒子之一。

因為最早出生，媽媽們都要我將來繼承爸爸的位置當村長，所以我也為此學了很多，並做了很多努力。不過，老實說我覺得自己應該做不到。

問我為什麼？因為我覺得自己根本沒辦法模仿爸爸。

舉例來說，像一天耕完廣闊的田地、做出非常精細的工藝品、一擊打倒格鬥熊、把長槍丟出去讓非常遠的城堡崩塌，以及安撫生氣的露媽媽之類的事，我不不認為自己做得到。

我能模仿的頂多就是照顧動物，還有在小黑的子孫們吵架時調解。但是，就連這些也比不上爸爸，很遺憾地還是差了點。

我能贏過爸爸的……大概只有釣魚。在釣魚方面，我想我確實比爸爸行。

然而，光是這樣依舊沒辦法自稱村長吧。

爸爸對我說，不需要勉強繼承他的位置。

一開始我以為是要我放棄，但並不是。

世界上有很多行業。他的意思是，等到見識過那些行業之後，再尋找自己想做什麼就好。

我現在十歲。認定自己將來就是要當村長似乎還太早。

不過爸爸笑著說，如果我見識過許多行業又仔細思考過後還是想當村長，就會支持我。

爸爸還說，就算要當村長也不用模仿他。

據說世界上有多少人，便有多少種當村長的方法。這句話帶給我很大的鼓勵。

即使還不知道自己將來會不會當村長，但我想努力試試。

現在，我進了魔王國的學園就讀。

爸爸好像希望村裡的孩子們能到村外開開眼界、多多學習。對我來說，這也是個見識各行各業的好機會。

同行者包括烏爾姊、妹妹蒂潔爾、土人偶厄斯、不久前還負責管理溫泉地傳送門的「四號村」成員阿薩，以及混代龍族梅托菈。

烏爾姊與蒂潔爾，和我一起進學園就讀。

厄斯、阿薩與梅托菈，則幫忙我們打理生活起居……照理說是這樣，但不知為何待在我們身邊的只有梅托菈。由梅托菈一個人打理我們三人的生活。

我覺得這樣很辛苦所以很多事想自己來，梅托菈卻露出難過的表情，於是我認命地交給她。好歹衣服我可以自己穿啊……

學園生活沒出什麼大問題。

因為戈爾哥他們……不，應該是戈爾老師。因為戈爾老師他們預先為我們做了很多準備。

特別是有修戈爾老師他們課程的學生，和我們處得很好。

嗯，雖然第一天的歡迎會，我就把帶來學園那三十個能久放的史多倫蛋糕全都拿出來招待大家了。

原本打算慢慢享用的，遺憾。改天聯絡爸爸，請他送來吧。

烏爾姊沒問題。

她很悠閒地和新朋友享受著學園生活。

蒂潔爾倒是有點不滿。

她好像對學園的派閥鬥爭很感興趣。

可是，學園最大的派閥，就是由戈爾老師他們的學生組成，我們在入學同時就進了這個派閥，不需要鬥爭。而且，不是底層而是頂端。

她似乎對這點很不滿。

蒂潔爾就那麼想玩派閥鬥爭嗎？即便第二勢力有糾纏過烏爾姊，但是談不上什麼勝負。對方連較量的資格都沒有。

沒機會出場讓蒂潔爾更不滿了，不過她最近心情不錯。

似乎是結識了商人。雖然對方感覺不是學園裡的人，但蒂潔爾心情愉快是好事一樁。

今天也是和平的一天。

我起先這麼以為，卻出了問題。

原本沒得較量的第二勢力，帶著幫手找上門來。

蒂潔爾……不在。我這妹妹運氣真差。不，運氣不好的應該是我吧？

嗯？啊……第二勢力的幫手不知道在想什麼，居然找烏爾姊單挑。

烏爾姊，眼睛不要閃閃發亮，不可以喔～

呃，我們的確是被挑戰的一邊，但是依舊要好好交涉一下。沒錯，不能什麼事情都接受，這點我很清楚。

好好好，麻煩的交涉由我來。

「為了進行公平的較量，我們希望做些調整！」

我這麼說道。

對方表示求之不得。還好，這麼一來就不會出人命了。

總而言之，我用鎖鍊把烏爾姊綁起來。

烏爾姊兩隻手都能使劍，不過比較擅長用右手。所以右手也用鎖鍊綁住，劍用左手拿。啊，劍還是算了，改用木棒代替。

腳上應該也需要負重。於是我把她的雙腿都綁上岩石。

這樣如何？

我看向被鎖鍊綁住的烏爾姊，卻發現葛拉茲大叔不知何時已經站在旁邊。

「不夠啊。」

所謂的不夠，是指封鎖烏爾姊的程度還不夠吧。可是，要怎麼追加？

「不是弱化烏爾莎，而是強化對手。」

葛拉茲大叔讓對方穿戴上軍用裝備。

還真是重武裝呢，動得了嗎？啊，還要用魔法進一步強化，原來如此。

在我感到佩服的時候，葛拉茲大叔一臉尷尬地過來這邊。

「那個男的，他沒辦法控制自己經過魔法強化的身軀，需要時間熟悉。這場較量能不能延後個半年啊？」

「是對方挑戰我們耶……」

「這樣啊。可是，若要降到可以控制的範圍……只能發揮兩倍左右的力量喔？」

在我和葛拉茲大叔煩惱時，比傑爾大叔來了。

「這樣就行了。」

比傑爾大叔拿走烏爾姊的木棒，換成一根稻稈。

「使出稻稈以外的攻擊算犯規敗喔。」

原來如此，我沒想到還能用頭髮或衣服攻擊。不愧是比傑爾大叔，這麼一來準備就齊全了。好啦，一決勝負吧。

就在這時，要對戰的那位男性哭倒在地。這是為什麼啊？

呃，你講什麼自尊心……這也沒辦法啊。我們可是為了不出人命費盡苦心耶。我想，就算做到這種地步烏爾姊還是會贏喔。

咦？烏爾姊要怎麼贏？

舉例來說……拿稻稈戳進對方鼻孔？她至少會避開眼睛吧。希望如此。

啊，把烏爾姊的眼睛遮起來應該還能一戰？

總而言之，這場較量無疾而終，太好了。

不過，原本想打上一場的烏爾姊心情變差了。還有，把烏爾姊綁起來的我風評變差了，有點糟糕。

日後。

釐清了第二勢力上門找碴的理由。

他們好像只是想吃史多倫蛋糕。所以，我們沒等爸爸送來，而是大家一起做。雖然味道不怎麼樣，卻很開心。

就這樣最大派閥吸收了第二勢力，學園一片和平。

閒話　王都生活　蒂潔爾篇　出發

我的名字叫蒂潔爾。蒂潔爾．街尾。「大樹村」村長的女兒之一。

繼承人有阿爾哥在，所以我很悠哉。但是如果真的就這樣度日會被媽媽罵，所以我為了能夠幫上爸爸的忙而每日努力不懈。

不過嘛，大多數的努力都是白費工夫。

因為，我還年輕！我才十歲，爸爸總是能輕而易舉地超越我的想像，有時甚至還會顛覆我原本的想法！我完全不是對手！爸爸好厲害！

好啦，這樣的我呢，來到了魔王國的王都。

儘管是為了上學……不過說實話，沒什麼能學的。

爸爸他們說，交朋友很重要，可是連朋友都是戈爾哥他們安排的，有點掃興。

我原本期待學園裡會有令人熱血沸騰的激烈派閥鬥爭，結果沒有。因為，最大派閥就是由修戈爾哥他們課程的學生組成。

我們在入學的那一刻，便自然而然地成了最大派閥的人。

本來我還期待第二勢力，結果他們一開始就找上烏爾姊然後被擊退。不行啊，毫無可取之處。

為什麼找上烏爾姊？不管怎麼想都該找我吧？烏爾姊、阿爾哥和我，三個站在一起，看起來最弱的不是我嗎！

居然不找弱小的我而找上烏爾姊……真是的！

考量到學園系統和魔族的壽命，就算有掌握大權的學生也不足為奇……不過仔細一想，芙勞媽媽早就把有潛力的都挖到村裡了。就是那些人稱文官少女組的魔族姊姊們。

在那之後，優莉姊姊又挖走一批。

然後，所剩不多的人才，則成了戈爾哥他們的老婆。

……………怪了？那些被挖角的與嫁人的，全都是女性對吧？這麼一來，應該還有男性的人才留著才對。但是完全沒看見，這是為什麼啊？難道他們優秀到能夠避開我的搜索？令人期待！

而讓這麼想的我絕望的，則是戈爾哥的學生之一。

「陰謀這類私底下的手段大多是女性在玩，男性則多半是直接動手。這種不動腦就出手的人呢，都被戈爾老師他們重新教育過了……哈哈哈。其實我原本也是先動手再說的人，不過現在會像這樣邊思考邊務農了。啊，要吃蘿蔔嗎？」

學園裡沒有我要的東西，我現在一清二楚了。

我們住在一棟位於校內的房舍裡。王都工匠蓋的兩層樓建築。

戈爾哥……不對，戈爾老師他們事先安排的。

儘管和村裡的家比起來小得多，不過房間到餐廳、餐廳到大門的距離變近了，令人開心。

我和烏爾姊、阿爾哥、厄斯、阿薩與梅托菈，六個人住在一起。

一樓是廚房、餐廳、澡堂和廁所。餐廳兼當起居室。

二樓是每個人的房間。雖然房間窄到只放得下床和桌子，但已經綽綽有餘。牆壁夠厚，不會被隔壁房間吵到。

「阿爾——蒂潔爾——吃飯囉——！」

烏爾姊的聲音傳來。

……………

也可以說這是一棟便於交流的屋子呢。

餐後，我訂立了今後方針。既然學園沒有，只能往外找。

魔王國的王都，值得期待。

接著，在我意氣風發地準備往外跑時，卻被阿薩攔住了。

那個……阿薩？為什麼把我按在地上，還鎖住我的關節？這招是我現在不會痛，但是一動就會很痛的那種招式對吧？雖然不太願意說自己是幼女，但是對幼女用這招是不是有點狠啊？

「阿薩，蒂潔爾又幹了什麼好事嗎？」

「蒂潔爾，不可以給阿薩添麻煩喔。」

…………烏爾姊、阿爾哥，你們好過分！

阿薩是「四號村」的居民。

多年來他一直擔任溫泉地傳送門的管理員，這次被選為我們的同行成員。

即使沒有明確的分工，不過基本上厄斯負責烏爾姊，梅托菈負責阿爾哥。換句話說，阿薩負責我。

我知道了。

無視阿薩就採取行動是我的失誤，我會好好說明。

「我打算在王都交朋友。」

「不可以。」

我都好好說明了卻被駁回！為什麼？

「素行不良呀。」

「素行不良囉。」

烏爾姊、阿爾哥，拜託你們先閉嘴。呃……

「不管怎麼樣都不行，絕對不會有什麼好事。」

我和阿薩明明沒有相處很久，那一副什麼都懂的表情是怎樣？還有差不多可以放開我的關節了吧？

「意思就是不需要相處太久也能明白。請您老實地上學。若是在學園裡，不管出了什麼事都能私下擺平。還有，在您說『好』之前我都不會放開。」

唔唔唔……既然如此，不得已。動用最後手段。

「我以『大樹村』村長之女的身分下令。阿薩，放我自由。」

強調自己村長女兒的地位對別人下令，在我們兄弟姊妹之間是禁忌，因為爸爸不喜歡這樣。

但是，現在沒得選擇，這是為了自由！

「我以『大樹村』村長之子的身分下令。阿薩，就這樣抓住蒂潔爾。」

阿爾哥──────！

經過漫長的交涉之後，我終於贏得走出學園的權利。

我很努力，非常努力，雖然腰上綁著繩子。

……我是嬰兒還是什麼嗎？

繩子另一端在阿薩手裡。不僅如此，移動時還要讓阿薩抱著。不能用自己的腳走路，也不能飛。幾乎沒有自由。

這應該就是爸爸口中的侵犯人權吧？雖然我不太明白「人權」是什麼意思。
而且，這麼一來連阿薩也沒辦法自由行動，所以烏爾姊把厄斯借給我。
厄斯一臉絕望，然而那是因為要和烏爾姊分開，不是因為要和我一起行動吧？

阿薩和厄斯都一身管家裝扮，人家會不會以為我是帶著兩個管家外出的富家千金啊？
唉，總之我終於能在王都蹓躂……有人來找碴了。剛出門就碰上五個小混混。不愧是王都！
可是厄斯，你二話不說就把人家揍倒是怎樣？先聽聽對方說什麼比較有趣……不，這樣才合理吧？
不需要？呃，至少聽個一次……
啊，那群小混混撤退了。沒骨氣。但是，我可不會輕易放過他們。
「阿薩、厄斯。你們在幹什麼？追擊呀。」
「蒂潔爾小姐，不需要吧？」
阿薩反駁，厄斯也同意他的看法。
但是，天真，太天真了。
「那些小混混，逃跑之前有撂話對吧？他們說了什麼呀？」
「『給我記住』嗎？」
「對，就是這個。」
「這有怎麼樣嗎？」

真是遲鈍耶。
「『給我記住』，就是『我一定會報仇，所以給我好好記著』的意思，對吧？」
我誤會了？沒這回事。
總不會是抱著「我之後會去賠罪，給我記好賠償金額」的心情講出這種話吧。
「不能放過那種講明了要報仇的人吧？更何況，復仇者找上的不見得是我們。烏爾姊、阿爾哥、和村子有關的人……目標很多。」
聽了我這番話，兩人點點頭，隨即往前衝。
不錯嘛，兩人的表情都變了，那是要排除村子外敵的眼神。
「蒂潔爾小姐，追擊歸追擊……但是您想好怎麼收拾殘局了嗎？如果有必要我們可以處理，然而會是村長討厭的方法喔。」
阿薩向我確認。
「放心。一路打進去，總會碰到能溝通的對象。」
「希望事情真會如此……那些人是要返回根據地嗎？」
遠處，剛剛那群小混混跑進一棟位於暗巷的可疑建築。
「厄斯。要留一個能說話的人喔。」
「了解。」
就這樣，我們的王都出道之行開始了。會不會遇到能和我一起享受祕密行動和陰謀的人啊？

呵呵，真期待。

閒話　王都生活　厄斯篇

我的名字叫厄斯，由死靈王大人創造的土人偶。

儘管死靈王大人已經脫胎換骨成了烏爾莎小姐，但她依舊是我的主人。

我這條命，完全為了烏爾莎小姐而活。這就是我的生存意義、我的使命！

「厄斯。從今天起你就跟著蒂潔爾，從旁支援阿薩。」

咦？

…………

咦？

明明是烏爾莎小姐的交代，我卻回問了兩次。

就這樣，我、蒂潔爾小姐和阿薩一起走在王都的街上。

假若要逛王都，我比較想和烏爾莎小姐一起逛。呃，並不是我對蒂潔爾小姐有所不滿喔。

只不過，我的忠誠是獻給……小混混來找碴了。這不太對勁吧？

我和阿薩，以及蒂潔爾小姐。不是看起來就很難纏嗎？
還是說，他們純粹用服裝判斷？無論如何，先揍再說。
對方有五人。把他們打昏會給附近居民添麻煩，所以我只讓他們受點皮肉痛。
「給、給我記住！」
真是老套的台詞。
儘管我這麼想，蒂潔爾小姐卻有不同看法。
「『給我記住』，就是『我一定會報仇，所以給我好好記著』的意思，對吧。」
我大吃一驚。
確實沒錯，就是這個意思。而且，對方說出口了。
換句話說，他們要向我們報復。
一語驚醒夢中人。換句話說，那些小混混是敵人，該殲滅的敵人。
不能只是教訓他們，應該確實地了結……啊，不能殺人。
如果殺人，讚頌烏爾莎小姐的人會變少。要讓他們活著悔改，並且讚頌烏爾莎小姐。
逃走的小混混，跑進一棟位於暗巷的可疑建築。
看起來沒打掃，我不太想進去。但是，不能放過那些小混混，所以我還是衝了進去。
蒂潔爾小姐有交代，清醒的留一個就夠，於是我毫不客氣地把他們打昏。雖然差不多有二十人，但完全不是我的對手。

得到露大人製作的魔黏土肉體之後，我已經強到能夠在森林裡獵兔子。把小混混全部擺平只花了幾分鐘。

我遵照蒂潔爾小姐的要求，讓一個人保持清醒。

「饒、饒……饒命啊……」

我留的是在場看起來地位最高的人，難道我選錯對象了嗎？對方拚命地賠罪，該怎麼辦呢？

總而言之，交由蒂潔爾小姐判斷。

「厄斯，不上不下可不行喔。」

不上不下？哪個部分？

我想了一下還是不懂，便老實地提出疑問。

「那個男的，即使他右腳斷了，但左腳還是好的吧？」

啊，原來如此。

「可是，對照沒事的雙手，這樣不是顯得不太平衡嗎？」

「當然，雙手也得弄斷才行。」

我是真的準備動手，但是被阿薩攔住了。

「唉呀，既然他同意合作，不就沒必要再折磨他了嗎？」

「阿薩，天真，太天真了。這種人，就算現在道歉，之後也必然懷恨在心。所以一定要做得徹底，讓他再也不敢違逆。」

我也贊成這個意見。

可能是這段對話奏效了吧？他回答問題時非常流暢。

那就只打斷腳吧。

出問題了。

這些小混混不是偶然盯上我們，好像是受人所託。

委託他們的，是個叫做東尼的男人。不過嘛，應該是假名吧。

對方似乎先付了不少訂金，所以他們才會接下委託。原來如此。原來如此原來如此。

明確的敵人，不能放著不管。

蒂潔爾小姐，拜託別表現得那麼高興。呃，注意到有人盯上我們，確實該值得高興……我明白了。

那麼便揪出那個自稱東尼的男人吧。

嗯，要是讓他僱別的混混不斷用同一招也很煩。

可是，該怎麼找呢？那人好像是單方面聯絡這些混混耶？

「放心吧。」

蒂潔爾小姐有什麼辦法嗎？

「線索就在那裡。」

咦？

……啊，有人在窗外偷看，而且他跑了。

儘管覺得有可能是陷阱，我們還是追上去了。這是蒂潔爾小姐的判斷。

那個逃跑的傢伙，就是名叫東尼的男人嗎？還是單純負責聯絡的？總之先稱他為可疑男子吧。

只要全力衝刺就追得上可疑男子，不過我們遵從蒂潔爾小姐的指示，暫時放他一馬。這是要讓他帶路對吧。

然後，我偷偷跟在後面。

雖然我不太擅長做這種事……但比起追蹤溜出宅邸的烏爾莎小姐簡單多了。

可疑男子穿過兩棟建築之後，進了某個廢墟。

這個廢墟可疑到了極點。而且，廢墟好像還有地下室，男子從樓梯往下走了。

阿薩和蒂潔爾小姐還沒到，該怎麼辦才好呢？

如果地下室還有別的出口，追蹤就會失敗。

若這裡有可疑男子的同伴就再好不過……然而事情應該不會這麼順利吧。

我留下只有阿薩和蒂潔爾小姐看得懂的訊息之後，前往地下室。

「居然追到這裡來……真是愚蠢啊。」

可疑男子在地下的廣闊空間等我到來。
追蹤穿幫了嗎？我得反省。
然後，可疑男子的肉體產生變化。
原來如此，這個可疑男子既不是人類也不是魔族。
他是不死生物……一種叫巫妖的死靈。
可疑男子彈響手指，在地下室召喚骷髏。數量不到一百，不過大概有五十以上吧？原本寬敞的空間頓時變得狹窄。
「吾乃東尼·阿爾瑪吉！死靈王部下之一！也是為你帶來死亡的存在！」
啊……居然報上本名嗎？看來這傢伙腦袋不太好。
而且是死靈王的部下……死靈王的？
……………
「什麼嘛，原來是同事啊？抱歉。」
居然會在這種地方碰上，世間無奇不有。唉，如果一開始就說清楚，我也不需要像這樣追蹤了嘛。
還有，我不該對他僱用的小混混那麼狠。雖然不知道他有何目的，但是我感到很抱歉。
「同、同事？」
怪了？沒聽懂？啊，不好意思。
還沒自我介紹呢。

「敝人是死靈王的屬下，名叫厄斯。先前負責挖掘西進隧道。」

「隧道？」

「是的。你之前也有參與挖掘隧道的工作吧？別看我這樣，我當時的職位可是相當於監工……」

「講什麼莫名其妙的鬼話！死靈王怎麼可能下那種命令！」

…………

「你不曉得隧道？」

「不曉得！去死！」

…………

……………………

喔，原來如此。騙子是吧。這樣啊。

畢竟死靈王大人很有名嘛，原來如此原來如此。

老子宰了你。

我一邊清理廢墟的地下室，一邊等阿薩和蒂潔爾小姐趕到。

地下室畫有隱藏手法十分巧妙的魔法陣，應該就是靠這玩意兒召喚出大量骷髏的吧。是小把戲呢。

毀掉吧。

區區骷髏，不靠魔法陣就沒辦法召喚是怎樣？我也會叫骷髏喔。只不過骷髏不適合挖隧道，所以我當年沒叫他們來幫忙而已。

可是，該怎麼辦才好呢？

東尼在說出為何盯上我們之前，便被我消滅了。

假如這個地下室有什麼線索就好了……但是大概沒辦法期待吧。

如果不在阿薩和蒂潔爾小姐趕到之前想想辦法，會惹他們生氣的。

嗯？有人入侵廢墟。不是阿薩和蒂潔爾小姐。

數量不少……？二十人……二十一人，不，可能有二十二人吧。

行動……沒什麼秩序。裝備參差不齊？可是，個別的動作不差。分工很明確。

換句話說……是冒險者呢。

「你就在這裡吧！死靈王的部下！」

呃……我的確是死靈王大人的部下……但他們要找的應該不是我吧？

怎麼辦？

閒話　王都生活　阿薩篇

我的名字叫阿薩。阿薩．佛格馬。

為了運作與經營太陽城而誕生的墨丘利種之一。

關於墨丘利種的事有點複雜，以後再說。

重點在於我的職務。

人們期望我扛起「輔佐城主私生活」這項工作。換句話說，我是管家。

我可以自信地說，我具備管家所需的專業能力。

「那麼，厄斯先生。為什麼事情會演變成這樣？」

我詢問跪坐在我面前的厄斯先生。

他是個優秀的同事，同樣身為管家的我認為他十分可靠，可是……

我想起自己與蒂潔爾小姐一同抵達廢墟地下室時的情景。

超過二十名冒險者倒地不起，厄斯先生則在中間大鬧。

「你們以為這點程度的本事妨礙得了死靈王大人嗎！」

記得厄斯先生當時是這麼喊的。
「他、他們說死靈王大人的壞話，我一時火大……就動手了。」
不是沒辦法理解。
要是有人瞧不起太陽城，我也會生氣。嗯，我會拿出全力痛扁對方。
回頭一想，厄斯先生沒殺害冒險者，只把他們打昏而已，這點實在了不起。
但是，該怎麼辦才好？
就在我煩惱不已時，懷裡的蒂潔爾小姐這麼說道：
「把戈爾哥他們拖下水吧。」
唔。我有接到「戈爾少爺他們在王都冒險者公會很吃得開」的報告。
可是，把戈爾少爺他們拖下水，不是會把事情鬧大嗎？
「情況已經夠嚴重啦。而且，如果沒辦法在這裡把事情擺平，我們會挨罵。」
……的確。
「厄斯。東尼是巫妖，而且自稱是死靈王的部下對吧？」
「是、是的。雖然是謊言，不過他確實說了。」
「是不是謊言，在這種情況下已不重要了。」
「怎麼可能不重要！」
「就是不重要。總之，厄斯。去把戈爾哥他們三個中的任何一人帶過來。」

「了解。」

隨後，厄斯先生將戈爾少爺、席爾少爺與布隆少爺帶來，三人和蒂潔爾小姐簡短地交談過後就弄清楚現況了。

我能感受到他們之間的信賴關係。不，應該是死心了吧。

戈爾少爺他們很俐落地開始做準備，真是抱歉。

我抱著蒂潔爾小姐，沒辦法幫忙。

只能請厄斯先生辛苦一點。

「嗚嗚……我……還活著嗎？」

第一個冒險者醒了。

「既然醒了，能不能麻煩你來一下？」

「咦？」

坐在椅子上的戈爾少爺叫住冒險者，把記錄用的板子扔到眼前的桌子上。

「看樣子你們完全不是人家的對手，知道有什麼地方該反省嗎？」

然後提問。

醒來的冒險者東張西望，完全搞不清楚狀況。然後他發現了——

站在戈爾少爺背後的厄斯先生。

「唔……那、那傢伙是死靈王的部下！」

清醒的冒險者立刻拔劍，厄斯先生卻無動於衷。

站在厄斯先生前面的戈爾少爺搖搖頭，重重嘆了口氣後這麼告訴對方：

「他是我安排的考官。」

「考、考官？」

「對。這次事件，是用來確認冒險者實力的考核。聽到這句話以後，你應該能注意到整件事有很多不對勁之處吧？」

「考核……………啊。」

「懂了吧？」

「啊，對喔。確實有很多不自然的地方。」

厄斯先生大鬧一事，成了對冒險者們的考核。

這是蒂潔爾小姐的提議。

我原本覺得根本亂來，然而意外地可行。

「為什麼要舉行這種考核？」

「誰知道？我們只是受託考核冒險者而已。啊，我們的委託人不是什麼可疑人物，你可以放心喔。對方身家清白，是克洛姆伯爵的熟人。」

是指蒂潔爾小姐對吧。

「嗚，原來是這樣……變成這副德行，看來我們沒通過啊。報酬該怎麼辦？」

「呃……之前講好的報酬是什麼？」

「預支每人五枚銀幣，事成每人二十五枚銀幣。」

「領取的方式呢？」

「照理說是在冒險者公會領……」

「那麼，就當成你們已經打倒死靈王的部下，去冒險者公會領錢吧。」

「這樣行嗎？」

「行啊。畢竟給你們添了不少麻煩嘛。不過，希望你可以等到其他成員清醒，並且幫忙解釋。」

「我知道了。」

順帶一提，席爾少爺與布隆少爺不在現場。

席爾少爺去調查先前我們遭到襲擊的地方。

自稱東尼的死靈王部下僱小混混襲擊蒂潔爾小姐的用意，似乎尚未明瞭。確實還沒弄清楚。

如果東尼還活著就能問了，不過這樣等於在責怪厄斯先生，所以就別多想了。更何況，蒂潔爾小姐一直拿這件事戳厄斯先生。

至於布隆少爺，則是前往冒險者公會告知他們這次的事件。當然，不是虛假的考核，而是真相。

王都冒出一個自稱死靈王部下的巫妖，這件事非常詭異。因此，我也贊成老實地向公會報告。

要是我們的拙劣謊言掩蓋了人家的巨大陰謀，那可就不好了。

「我們成功發現並殲滅了自稱死靈王部下的巫妖。至於後來才趕到的冒險者們，則是給了他們一點小小的考驗，醫藥費由我們負擔。」

只不過，用詞好像做了點調整……

反正沒說謊，一定沒問題吧。

當天晚上。

戈爾少爺、席爾少爺與布隆少爺在冒險者公會的私人房間集合。

當然，蒂潔爾小姐、厄斯先生還有我也在場。

「僱用冒險者攻擊死靈王部下的，是達馮商會。」

戈爾少爺的報告如上。

將死靈王部下所在地告知冒險者的人也好、支付報酬的人也罷，背後的靠山好像都是達馮商會。

靠山是達馮商會，代表應該不是達馮商會直接出手……但是很可疑呢。

「襲擊蒂潔爾他們的傢伙……那群叫做阿利希德團的傢伙，不知道東尼是巫妖。他們接了委託試圖綁架蒂潔爾，阿爾弗雷德和烏爾莎也是目標。還有……雖然不知有沒有關係，不過這個阿利希德團，正是達馮商會暗中操控的組織之一。」

席爾少爺的報告如上。

原來如此。不止蒂潔爾小姐，居然還盯上阿爾弗雷德少爺和烏爾莎小姐……真是愚蠢呢。

啊，厄斯先生，冷靜一點，你殺氣四溢喔。

就算烏爾莎小姐被盯上……放心。席爾少爺怎麼可能放過那些傢伙嘛。

「我讓他們每個人的四肢都骨折得很均衡。」

看吧。

厄斯先生，拜託不要一臉很想自己來的表情。

「最後是我。向冒險者公會報告之後，有達馮商會的人來找我。這個好像是邀請函。」

布隆少爺拿出一張羊皮紙給我們看。

然後，蒂潔爾小姐以外的人都面有難色。因為邀請函上的名字是蒂潔爾小姐。

「阿薩，我的禮服需要準備多久？」

「穿座布團女士做的制服就行了，我有帶來……但是您打算去嗎？」

「不行嗎？」

「還是再考慮一下比較……」

「行動迅速強過深思熟慮喔。你看，從邀請函上的墨水味，能看出這是對方匆匆寫下的。布隆哥，你拿到這封信後過了多久？」

「來這邊集合前才拿到的，不到三十分鐘。」

「換句話說，雖然不曉得對方是敵是友，但是看得出達馮商會十分焦急。拖得愈久，對方準備愈周全。既然有邀請函，那麼光明正大上門就行了。幸好，這封邀請函沒有指定時間。」

確實。

邀請函上頭，只寫著邀請蒂潔爾小姐前往達馮商會。

不過以常識來想，應該要改天才對，畢竟現在是晚上。

「這樣會變成夜訪，沒問題嗎？」

「放心吧。戈爾哥、席爾哥、布隆哥，可以拜託你們護衛嗎？」

「聽到被盯上的不止蒂潔爾，連阿爾弗雷德和烏爾莎也是目標之後，實在沒辦法拒絕。」

「真是的，說擔心可愛的妹妹就好了嘛。」

蒂潔爾小姐，請您別戳戈爾少爺的臉，會挨罵喔。

「厄斯，你暗中護衛，必要時當壞人。」

「了解。」

厄斯先生恭敬地低下頭。

這種蒂潔爾小姐一打暗號就要闖進去搗亂的角色，沒問題嗎？有可能以後都無法走在王都街上喔？

不過嘛，這麼一來就能一直待在烏爾莎小姐身邊……啊，臉想怎麼換都行是吧。原來如此。這次會先換一張臉。

「阿薩，你以管家身分和我同行，期待你的完美表現喔。」

……

「怎麼了嗎？」

「不，了解。包在屬下身上。」

「麻煩你囉。還有，我想腰上的繩子差不多可以解開……」

「很遺憾，阿爾弗雷德少爺、烏爾莎小姐事先交代過我，絕對不能解開。還請您見諒。」

「你是負責照顧我的吧！難道你不聽我的意見嗎？」

「是的，我是負責照顧蒂潔爾小姐沒錯。所以，繩子是綁在我身上呀。」

戈爾少爺、席爾少爺、布隆少爺，謝謝你們的鼓勵。不，這也是工作。

那麼，準備出發吧。

閒話　王都生活　蒂潔爾篇　交涉

達馮商會雖是公認的魔王國第一商會，然而商會誕生和爬上第一都是兩百年前的事。

可以回溯到只有迷宮薯會罹患的疾病在世間大流行那個年代。

為了撐過達到世界規模的糧食危機，當時的魔王一聲令下，二十三家商會就此合併。達馮商會因而誕生。

從此以後，它便一肩挑起魔王國糧食生產與價格調整的重任，備受重視。

二十多年前妖精小麥嚴重歉收導致的飢荒，魔王國之所以能撐過去，也可以說是多虧了達馮商會。

如此龐大的達馮商會，營運是由叫做「候選人」的十七人合議。

這十七位候選人，就是當年那些商會代表的子孫或繼承者。嗯，也有部分就是當年的代表。

合併的明明有二十三間商會，候選人卻只有十七個是因為……這個嘛，似乎一言難盡。

如果有時間我會想問個清楚，但那之後再說。

給我邀請函的人，就是達馮商會的候選人之一。

黎德莉．貝卡瑪卡。

「關於這次的事件，真的是非常抱歉。」

年約四十的豐滿大姊向我賠罪。

但是，我反問：

「『這次的事件』是指？」

並不是「這次事件就當沒發生過吧」的意思。對方應該聽得懂。

純粹是因為達馮商會做的蠢事太多，我不知道她是要為哪一件事賠罪。

達馮商會做出的蠢事。

第一，將巫妖東尼關在王都地下。

第二，利用東尼對我、烏爾姊和阿爾哥出手。
第三，試圖利用冒險者們將東尼滅口。
第四，對進入達馮商會建築的我們發動攻擊。
第五，看見被繩子綁住的我之後爆笑出聲。
嗯，最後一項特別不可饒恕，她最好誠心誠意地賠罪。

「妳知道敝商會的狀況嗎？我只是候選人之一，不是代表喔。」
「我知道。」
候選人雖然能參加合議發表意見，卻無權做最後的決定。最後決定權，落在從十七名候選人裡選出的一名代表身上。
任期五年。代表不能連任，而且有「當選代表後，三十年內不能再次擔任代表」的規矩。
「這次，我所做的只有招待妳喔。」
「是這樣嗎？」
「對。養巫妖的是基林格，試圖利用巫妖綁架你們的是馬斯昆德，僱用冒險者們想把巫妖處理掉的是萊善，而在這間屋子對你們發動攻擊的則是路路莎喔。全都與我無關。」
「但看見我之後爆笑出聲的是妳呢。」
「關於這點我很抱歉。沒想到，妳居然會被繩子綁著……噗呼呼。」

……要怎麼處理這傢伙呢？

「真的很抱歉。呃……即使與我無關，不過那些蠢事終究是達馮商會成員做的，我為此道歉。真的很對不起。還有，基林格已經抓起來了，預定明天就會交給城裡處置。至於馬斯昆德……他反對清掃黑街，所以我想是為了找克洛姆伯爵的麻煩吧。」

「找麻煩？」

「沒錯。之所以利用巫妖，也是為了展示自家戰力吧？喔，馬斯昆德也被抓了，妳可以放心。」

「為什麼想把巫妖處理掉？」

「那完全是時機不巧呢。萊善不知道你們的事。他只是認為巫妖會成為達馮商會的致命傷，所以想解決掉。」

「這樣啊。那個叫路路莎的……」

「倒在那邊的就是她……怪了？」

她應該和我們踏進建築時來襲的那二十幾個武裝士兵倒在一起才對，該不會已經善後完畢了吧？

不對，她很有精神地站在那裡。

而且，她在笑。有什麼值得開心的事嗎？

「蠢貨！你們錯就錯在不該擺出遊刃有餘的樣子！我的最強戰力到啦！」

三道身影闖進屋內。

「猛虎（Tigers）魔王軍三棒，左外野手歐潔斯。」

「猛虎魔王軍四棒，中外野手海芙利古塔。」
「猛虎魔王軍五棒，左外野手姬哈特洛伊。」
「哼哈哈哈哈！上吧！打倒那些入侵者們！」
…………三道身影都是熟面孔。

「非常抱歉。我們只是人家花錢僱來的！」
「我們沒有問清楚工作內容！」
「都是這傢伙的錯！」
三個熟面孔，在認出我的同時背叛了路路莎。
雖然輕鬆不少，但是這樣好嗎？妳們背叛時沒有半點猶豫耶？
呃，若妳們覺得這樣比較好，我也沒意見就是了。

我把面熟的三人和被綁起來的路路莎交給戈爾哥，回頭談正事。
「路路莎只是想保護達馮商會而已，麻煩各位手下留情……另外，我想她之所以發動攻擊，是因為即使你們有我的邀請函卻趁著夜色翻牆進來……」
「因為拿著邀請函走正門卻被趕回去嘛，這麼做也是不得已吧？」
「確實該怪我聯絡不周……沒想到，妳會在送上邀請函的當天就來。」

「算啦，我們翻牆就和妳的聯絡不周互相抵銷吧。黎德莉小姐有擔任達馮商會代表的經驗嗎？」

「咦？不，沒有……」

「這樣啊。經過這次事件，除了候選人減少之外，想來代表也會辭職吧。應該會辭吧？還是那人會賴著不退？」

「我想他不是那種人……可是，這次的事件，代表完全沒有插手耶？」

「意思是候選人擅自行動？」

「我想大概是那樣。」

「那麼，就當成代表在背後穿針引線，把他趕下台吧。之後麻煩黎德莉小姐擔任達馮商會的代表，給我們一點方便。」

「慢著，不，請等一下。」

「有什麼不對的地方嗎？」

「現在的代表還算優秀……把人家趕下來有點……」

「不過，這次的事件，如果不找個人負責，恐怕會讓魔王大叔和比傑爾大叔很為難耶。」

「基林格和馬斯昆德不行嗎？」

「切割兩個候選人，保住商會。妳覺得這是個好辦法嗎？不會讓人覺得有多少候選人就能做多少壞事嗎？」

「嗚……」

「考慮到今後的發展，該讓代表辭職，藉此對外宣告，商會有了新領袖並且已經脫胎換骨，這樣才是正解吧？」

「或、或許是這樣沒錯，可是……現在的代表，真的很優秀。他這陣子……應該說這幾個月都不在王都，要他負責實在……」

「代表不在王都，是出了什麼事嗎？」

「雖然講這些像是將達馮商會的家醜外揚……這幾年，根據地在『夏沙多市鎮』的戈隆商會聲勢愈來愈大，達馮商會負責的魔王國糧食生產與價格調整業務不再像過去那麼穩定。所以，他去拜託對方幫忙。」

「意思是他去了『夏沙多市鎮』？」

「對。」

「事情進展順利嗎？就是因為不順利才回不來對吧？」

「唉，畢竟這麼做等於要求戈隆商會放棄糧食方面的利益，進展不順也是理所當然。」

「既然事情關係到整個魔王國，那麼應該由藍登大叔出面，而不是達馮商會的代表吧？」

「那個……妳說的藍登大叔，是指四天王裡的藍登大人嗎？根據我得到的情報，蒂潔爾小姐妳和克洛姆伯爵，以及後面的戈爾公子、席爾公子、布隆公子都關係密切，難道藍登大人也是？」

「對啊。啊，我是不是喊他藍登大人比較好？」

「不、不會。這部分請隨意。呃……魔王國糧食的生產與價格調整是敝商會負責的業務，實在不方便麻煩藍登大人。」

「是嗎？聽起來很簡單，然而事情既然牽扯到整個魔王國，麥可大叔應該會點頭才對，但是他沒點頭對吧？由最大的商會開口談這件事，就像腦袋被人家壓住一樣，大概不會乖乖點頭吧。嗯，我想還是該拜託藍登大叔，由他告訴麥可大叔才會比較順利。」

「容我確認一下……麥可大叔是指？」

「戈隆商會的會長麥可大叔。」

「該不會妳和他很熟？」

「和他很熟的不是我，是我爸爸。」

「蒂潔爾小姐的父親……聽說是『五號村』的村長……原來是真的啊。」

「嗯。然後呢，戈隆商會在『五號村』已經根深蒂固，兩邊關係很好。」

「達馮商會幾乎插不了手。」

「啊，原來是這樣啊。『五號村』和『夏沙多市鎮』的近郊，增加了不少戈隆商會的田，這才導致產量和價格無法控制。」

「是啊。『夏沙多市鎮』是連接王都與東部的大道要衝，如果那裡的價格有波動，會對整體造成影響喔。」

「我想，還是該拋開自尊去拜託藍登大叔，這樣會比較簡單喔。」

「……就算想這麼做，也只有代表才能預約和藍登大人見面。」

「是這樣嗎？」
「因為藍登大人很忙。」
「這樣啊，那麼由我轉達吧。藍登大叔明天晚上會來我家吃飯。」
「咦？」
「說是來祝賀我們入學的，雖然有點晚就是了。」
「呃……」
「唉呀，這麼一來戈隆商會的事就解決啦。如何？這件功勞不就能讓妳當上代表了嗎？」
「假、假若不先打點好，就算當上代表也只會讓商會四分五裂……請饒了我吧。」
咦～

閒話 治療

我的名字叫古隆蒂，一頭深愛老公的龍。
這個氣息……看樣子是老公回來了。
他應該會立刻來找我吧。我必須做好準備，努力表現得有精神一點。
……怪了？

平常老公都會待在事先講好的位置對我說話，今天卻沒停下腳步。

這是怎麼回事？該不會，他打算走到我身邊？

這可不行。

要是他看見我現在的模樣，就會發現我的自癒能力低落。

怎、怎、怎麼辦……

老公出乎意料的行動令我陷入恐慌，但我想不出解決辦法。不，實際上我已經想到好幾種，然而都是用魔法打飛老公之類的粗魯手段，所以全都駁回了。

於是，就在我束手無策的情況下，老公掀開了遮住我身子的簾幕。

啊啊……儘管已經很久沒見到面，心愛的老公卻還是那麼帥氣。他臉上有陰霾，想來是因為看見我的身體吧。

自癒能力低落的事穿幫了。要敷衍過去……大概沒辦法。這種時候還是老實地道歉吧。

差不多就在我下定決心的同時，老公對我說道：

「放心吧，我帶了世界樹的葉子回來。」

啊，親愛的……你為我著想讓我好開心。但是，請你別再尋找世界樹的葉子了。

世界樹之葉。

即使世界樹已經被我折斷、燒掉，事先摘下的葉子依舊存在於世間。

特別是國王與大貴族，會為了自身安全把它拿到手，這點我也知道。

但是，世界樹已經消失，供給也就此停止，只會減少不會增加。

即使把全世界的葉子都收集過來，恐怕還是不夠治療我吧。

老公就算得到一、兩片，也只能讓我活得稍微久一點而已。

既然如此，還不如別浪費在我身上，留著以防女兒有個萬一……

「差不多有一百片喔！」

……咦？

「有一百片。」

……………………………………………………咦？

於是，我開始用世界樹之葉治療身軀。

嗯……這是神蹟啊。

原本已經被毀掉的七顆頭，轉眼間就復活了。腐壞的身軀已不復存在，現在的我超級健康。

確認自己的身體完全康復之後，我發出足以傳遍世界的咆哮。好丟臉。

我詢問老公詳情。

誰有那麼多世界樹之葉？

還有，他怎麼得到的？

我希望他是採用和平的方法，但多半無法如願吧。

失去世界樹的此刻，世界樹之葉是花錢也買不到的貴重物品。

這麼寶貴的東西能集到一百片，老公究竟付出了多少？我相當不安。

我已經有很多惡行被轉嫁到老公身上了，要是變得更多……

儘管害怕知道實情，然而葉子終究是用來治療我。我不能摀住耳朵不聽。

「人家給我的。」

親愛的，你或許是出於體貼，但是不可以把搶來的講成人家給的。

哪裡有人會給你上百片世界樹的葉子啊？

「不，就算妳這麼說……人家給的東西，我也只能說是人家給的啊……」

真是頑固呢。

你出手是為了我吧？不管你是用怎樣的手段得到世界樹，我都不會討厭你喔。

「我沒有騙妳，真的，是人家送我的。」

……原來如此。

既然老公都這麼說了，我就相信是人家送的吧。

那麼，你付了什麼代價？

「說了是人家送的吧。我沒有付任何代價。雖然我想付，但是人家不肯收。」

……不是因為被你殺掉才沒辦法回應嗎？

「怎麼啦？妳以前有這麼多疑嗎？該不會還有哪裡不舒服？」

不，我的身體沒病沒痛。精神也……由於已經做好了面對死亡的心理準備卻恢復健康，所以有點亢奮，但是還保持在不至於出問題的範圍。

「這樣啊……總而言之，我只是拿了人家送的世界樹之葉而已，沒有亂來。倒不如說，我在那裡根本沒辦法亂來。」

……沒辦法亂來？

「是啊，就算是我也不敢與村長為敵。會死。」

村長？就是你之前提到過好幾次的「大樹村」村長？女兒(古拉兒)受到他們關照的那位。

「嗯。」

只聽過你喊人家村長，他叫什麼名字啊？

「名字？名字叫……叫什麼啊？火……火樂，對，火樂。」

沒聽過的名字耶，送你世界樹之葉的就是他？

「沒錯。對了，村長就是我們女兒命中注定的對象——火一郎的父親。」

記得火一郎是哈克蓮的兒子對吧。換句話說，那位叫火樂的是龍王之女的伴侶。原來如此，想必是一頭了不起的龍。

「咦？不，村長是人類喔。」

……咦？他的本事足以殺掉你對吧？

「嗯。即使不曾直接交手，但是他的實力我確認過好幾次。就算換成妳也贏不了喔。」

一個能夠擊敗我的人類嗎？

「沒錯。」

意思是，這樣的人送了你上百片世界樹之葉。

「嗯。」

老實說，就跟品行端正的勇者一樣不太可能存在。

但是，我的身體康復了。

世界樹之葉是真的。

老公看起來也不像有說謊。

……

知道了，既然承蒙關照，就去和人家打聲招呼吧。

最好的辦法就是親眼見證。而且，我也想看看我的女兒。

幸好，我現在很健康。來場久違數百年的飛行吧。

「我知道了，但是別逞強喔。」

當然。

我張開相較於身體顯得不怎麼大的龍翼，振翅離巢。

順帶一提，飛出去不久，我就摔到地上了……不是身體不舒服。只是因為這段時間一直沒動，所以忘了怎麼飛而已。

親愛的，拜託別用擔心的眼神看我。放心，我已經想起來了，可以飛的。

不過，嗯……那個……稍微花點時間練習應該也不壞。

Farming life
in another world.
Presented by Kinosuke Naito
Illustration by Yasumo

11

登場人物辭典

Characters
Isekai Nonbiri Nouka

人類

【街尾火樂】
穿越者暨「大樹村」村長，在異世界努力從事過去夢想的農業。

【畢莉卡・溫埃普】
年紀輕輕就拜入劍聖門下。展現才華後，因為道場出了麻煩而成為道場主人。為了擁有與劍聖稱號相符的強大，正在修練劍術。

NEW
【娜西】
加特的太太，娜特的母親。

地獄狼族

【小黑】
村內地獄狼的代表，也是狼群的首領。喜歡番茄。

【小雪】
小黑的伴侶。喜歡番茄、草莓與甘蔗。

【小黑一／小黑二／小黑三／小黑四　其他】
小黑跟小雪的孩子們，排行一直到小黑八。

【愛莉絲】
小黑一的伴侶，優雅恬靜。

【伊莉絲】
小黑二的伴侶，個性活潑。

【烏諾】
小黑三的伴侶，應該很強。

【耶莉絲】
小黑四的伴侶，喜歡洋蔥，性情凶暴？

【吹雪】
小黑四與耶莉絲的孩子，是變異種的冥界狼。全身雪白。

【正行】
小黑二與伊莉絲的孩子，有多位伴侶，是隻後宮狼。

惡魔蜘蛛族

【座布團】
村內惡魔蜘蛛的代表，負責製作衣物，喜歡馬鈴薯。

【座布團的孩子】
座布團所生的後代，一部分會於春天離家旅行，剩下的留在座布團身邊。

【枕頭】
座布團的孩子，第一屆「大樹村」武鬥會的優勝者。

◎諾斯底蜂種

【蜂】
村裡飼養的蜜蜂，與座布團的孩子維持共生（？）關係，為村子提供蜂蜜。

◎吸血鬼

【露露西・露】
村內吸血鬼的代表，別名「吸血公主」。擅長魔法，喜歡番茄。

【芙蘿拉・薩克多】
露的表妹。精通藥學，正在努力研究味噌與醬油。

【始祖大人】
露和芙蘿拉的爺爺。科林教的首領，人們稱他為「宗主」。

【阿爾弗雷德】
火樂與吸血鬼露所生的兒子。

【露普米莉娜】
火樂與吸血鬼露的女兒。

◎鬼人族

【安】
村內鬼人族的代表兼女僕長，負責管理村裡的家務。

【拉姆莉亞斯】
鬼人族女僕之一，主要負責照顧獸人族。

◎天使族

【蒂雅】
村內天使族的代表，別名「殲滅天使」。擅長魔法，喜歡黃瓜。

【格蘭瑪莉亞／庫德兒／可羅涅】
蒂雅的部下，以「撲殺天使」的稱號聞名。不時要負責抱著村長移動。

【琪亞比特】
天使族族長的女兒。

【蘇爾琉／蘇爾蔻】
雙胞胎天使。

【瑪爾比特】
琪亞比特的母親。天使族族長。

【琳夏】
蒂雅的母親。

【蒂潔爾】
火樂與天使族蒂雅的女兒。

【奧蘿拉】
火樂與天使族蒂雅的女兒。

NEW **【蘇爾蘿】**
蘇爾琉與蘇爾蔻的母親。

◎蜥蜴人

【達尬】
村內蜥蜴人的代表，右臂纏有布巾，力氣很大。

【娜芙】
蜥蜴人之一。主要負責照顧二號村的半人牛族。

◉高等精靈

【莉亞】

村內高等精靈的代表，以旅行兩百年所培養出的知識，負責村子的建築工作（？）。

【莉格涅】

莉亞的母親。相當強。

【莉絲／莉莉／莉芙／莉柯特／莉婕／莉塔】

莉亞的血親。

【菈法／菈莎／菈菈薩／菈露／菈米】

跟莉亞她們會合的高等精靈。

◉加爾加魯德魔王國

【魔王加爾加魯德】

魔王。照理說應該很強才對。

【比傑爾・克萊姆・克洛姆】

魔王國四天王之一，負責外交工作，封伯爵。勞碌命。傳送魔法使用者。

【葛拉茲・布里多爾】

魔王國四天王之一，負責軍事工作，封侯爵。雖是軍略天才卻喜歡上前線。種族是半人牛。

【芙勞蕾姆・克洛姆】

村內魔族暨文官少女組的代表。暱稱「芙勞」，是比傑爾的女兒。

【優莉】

魔王之女。擁有未經世事的一面，曾在村子住過幾個月。

【文官少女組】

優莉跟芙勞的同學兼朋友。在村裡擔任芙勞的部下非常活躍。

【菈夏希・德洛瓦】

文官少女組之一，伯爵家的千金。主要負責照顧三號村的半人馬族。

【荷・雷格】

魔王國四天王，負責財務工作。暱稱「荷」。

NEW **【安妮・羅修爾】**

魔王之妻。貴族學園的學園長。

NEW **【阿蕾夏】**

以商人名額進入貴族學園就讀。畢業後，擔任學園的職員。

NEW **【安德麗】**

普加爾伯爵的七女。在貴族學園結識戈爾他們。

NEW **【琪莉莎娜】**

格里奇伯爵的五女。在貴族學園結識戈爾他們。

◉龍

【德萊姆】
在南方山脈築巢的龍，別名為「守門龍」。喜歡蘋果。

【葛菈法倫】
德萊姆的夫人，別名「白龍公主」。

【拉絲蒂絲姆】
村內龍族代表，別名「狂龍」。是德萊姆和葛菈法倫的女兒。喜歡柿餅。

【德斯】
德萊姆等人的父親，別名「龍王」。

【萊美蓮】
德萊姆等人的母親，別名「颱風龍」。

【哈克蓮】
德萊姆姊姊（長女），別名「真龍」。

【絲依蓮】
德萊姆姊姊（次女），別名「魔龍」。

【馬克斯貝爾加克】
絲依蓮的丈夫，別名「惡龍」。

【海賽兒娜可】
絲依蓮和馬克斯貝爾加克的女兒，別名「暴龍」。

【賽琪蓮】
德萊姆的妹妹（三女），別名「火焰龍」。

【德麥姆】
德萊姆的弟弟。

【廓恩】
德麥姆的妻子。父親是萊美蓮的弟弟。

【廓倫】
賽琪蓮的丈夫。廓恩的弟弟。

【古拉兒】
暗黑龍基拉爾的女兒。

【火一郎】
火樂與哈克蓮的兒子。人類與龍族的混血。

【基拉爾】
暗黑龍。

NEW **【古隆蒂】**
多（八）頭龍。基拉爾的太太。古拉兒的母親。

◉古惡魔族

【古吉】
德萊姆的隨從，也是相當於智囊的存在。

【布兒佳／史蒂芬諾】
古吉的部下，現在擔任拉絲蒂絲姆的傭人。

◉惡魔族

【庫茲汀】
四號村的代表。村內惡魔族的代表。

●獸人族

【格魯夫】
來自好林村的使者。照理說應該是一名很強的戰士。

【賽娜】
村內獸人族的代表，從好林村移居至大樹村。

【瑪姆】
獸人族移民之一。主要負責照顧樹精靈族。

【戈爾】
幼年時移居至大樹村的三個男孩之一。個性認真。

【席爾】
幼年時移居至大樹村的三個男孩之一。容易衝動。

【布隆】
幼年時移居至大樹村的三個男孩之一。做事可靠。

【加特】 NEW
好林村村長的兒子，賽娜的哥哥。村裡的鍛冶師。

【娜特】 NEW
加特和娜西的女兒。生而為父方種族獸人族。

●長老矮人

【多諾邦】
村內矮人的代表。最早來到村裡的矮人，也是釀酒專家。

【威爾科克斯／庫洛斯】
繼多諾邦之後來到村子的矮人，也是釀酒專家。

●夏沙多市鎮

【麥可・戈隆】
人類。夏沙多市鎮的商人，戈隆商會的會長。極其正常的普通人。

【馬龍】
麥可先生的兒子。下任會長。

【提特】
馬龍的堂弟，戈隆商會的會計。

【蘭迪】
馬龍的堂弟。戈隆商會的採購。

【米爾弗德】
戈隆商會的戰鬥隊長。

●山精靈

【芽】
村內山精靈的代表，是高等精靈的亞種（？）。擅長建築土木工程。

●半人蛇

【裘妮雅】
南方迷宮統治者。下半身為蛇的種族。

【絲涅雅】
南方迷宮的戰士長。

◉半人牛

【哥頓】

村內半人牛族的代表，是身軀龐大而且頭上長牛角的種族。

【蘿娜娜】

派駐員。魔王國四天王之一的葛拉茲為她著迷。

◉半人馬

【古露瓦爾德・拉比・柯爾】

村內半人馬族的代表。是一種下半身為馬的種族，腳程飛快。

【芙卡・波羅】

雖是男爵，卻是個小女孩。

◉樹精靈

【依葛】

村內樹精靈族的代表。是一種能變成樹椿和人類模樣的種族。

◉大英雄

【烏爾布拉莎】

暱稱「烏爾莎」，原為死靈王。

◉巨人族

【烏歐】

渾身長滿毛的巨人。性情溫厚。

◉墨丘利種（人工生命體）

【葛沃・佛格馬】

太陽城城主輔佐。初老。

【貝爾・佛格馬】

種族代表。太陽城城主首席輔佐。女僕。

【阿薩・佛格馬】

太陽城城主的專屬管家。

【芙塔・佛格馬】

太陽城的領航長。

【米優・佛格馬】

太陽城的會計長。

◉九尾狐

【陽子】

活了數百年的大妖狐。據說戰鬥力與龍族相當。

【一重】

陽子的女兒。已經誕生百年以上，不過還很幼小。

◉妖精

【妖精】
有翅膀的光球（乒乓球大小）。喜歡甜食。村裡約有五十隻。

【人型妖精】
嬌小的人型妖精。村裡約有十人。

【妖精女王】
人類樣貌的妖精女王。成年女性，高個子。人類小孩的守護者，在人界受到許多人尊崇。但龍不擅長應付妖精女王。

◉不死鳥

【艾基斯】
圓滾滾的雛鳥。跑步比飛行快。

◉蛇神族

【妮姿】
修得人身的蛇。同時也是蛇神的使徒，能夠和蛇對話。

◉其他

【史萊姆】
在村子裡的數量與種類日益增加。

【牛】
分泌牛奶，不過牛奶產量不像原世界的牛那麼多。

【雞】
提供雞蛋，不過雞蛋產量不像原世界的雞那麼多。

【山羊】
分泌山羊奶。一開始性格狂野，但後來變乖了。

【馬】
為了讓村長移動用而購買的。對古露瓦爾德抱持競爭意識。

【酒史萊姆】
村內的療癒代表。

【死靈騎士】
身穿鎧甲的骷髏，帶著一把好劍。劍術高手。

【土人偶】
烏爾莎的隨從。總是努力打掃烏爾莎的房間。

【貓】
火樂撿回來的貓。充滿謎團的存在。

Farming life
in another world.
Presented by Kinosuke Naito
Illustrated by Yasumo

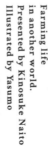

後記

你好，我是內藤騎之介。

集數順利成長，《異世界悠閒農家》也在經歷種種之後來到第十一集。

只靠我一個人，走不到這一步。

都是因為有編輯、校稿、宣傳、行銷，以及負責插畫的やすも老師、負責漫畫化的剣老師等人的協助。

當然，也是多虧了拿起這本書閱讀的各位讀者大人。

謝謝你們。

我這人有點貪心，所以希望能夠繼續努力按照這種步調出書。

目標是……一步一腳印，十二集吧。

拜託各位支持了。

…………

同時我也在反省，這種話好像該在第十集的時候寫。

好啦，接下來要聊我個人的事。

雖然不是什麼新聞，但我目前一個人住在公寓裡。然後我在自家看見了令我難以置信的東西。

那就是黴。

喔，不是牆上和地板上的普通黴斑喔。

我看見的，是一整團軟綿綿的黴菌。沒錯，就像蘑菇那樣的黴菌。

地點在廚房旁邊的廚餘桶裡。一打開蓋子，就是一整片的黴菌田。

嚇我一跳。唉呀，嗯，真的是。如果不是在深夜，我恐怕毫無疑問會大叫呢。

我完全沒想過會在家裡目睹這種景象。唉，都是連著好幾天偷懶沒倒廚餘的結果就是了。

世上充滿生命，從這點就能看得一清二楚呢。

順帶一提，那堆長滿黴菌的廚餘，我立刻綁好拿出去丟了。嗯，有確實清掉。

善心人士啊，請原諒我。我家實在沒有餘力飼養黴菌。

夏季的廚餘每天都要處理掉，我將這點謹記在心。

我儘管也有點年紀了，卻還是有很多該學的東西呢。

然後呢，我希望能夠將學到的東西應用在作品裡。

雖然應該輪不到黴菌出場就是了。

那麼，這次就到此為止。我們下集再見吧。

內藤騎之介

作者 內藤騎之介

Kinosuke Naito

大家好，我是內藤騎之介。
一顆在情色遊戲農田裡收成的圓滾滾鄉下土包子。
過著有大量錯字漏字的人生。
還請多多指教。

插畫 やすも

Yasumo

有時玩遊戲，有時畫圖。
是一位插畫家。
希望自己能創作出更多元的題材。

異世界悠閒農家

11

拉絲蒂絲姆&莉亞的

下集預告閒～聊

你好。我是高等精靈莉亞。

我是龍族的拉絲蒂絲姆。請多指教。

那、那個……拉絲蒂小姐。

怎麼了嗎？

我們兩個，似乎沒什麼交集對吧？所以，我不太清楚該怎麼和妳相處……

請放輕鬆一點。類似和哈克蓮姊姊相處那種感覺。

我和哈克蓮小姐相處時，幾乎從來沒有放輕鬆過耶……

從出場比例來看，應該有吐嘈過一、兩次吧？

要說絕對沒有，我也不敢保證。說不定有過那麼一次……

那麼，請妳對我也，放輕鬆一點。

我、我知道了。那麼拉絲蒂小姐，我們開始下集預告吧。

12

即將發售！

Next
Farming life
in another world.

好的。下一集是……呃，有烏爾莎在王都活躍的故事呢。

好像也有「五號村」拍賣會的故事。

不管是哪一邊，感覺都沒有我的戲分……

似、似乎是這樣，不過也有以拉絲蒂小姐為主的故事喔。

真的嗎？

嗯，這是剛剛作者以文字搜尋原稿的結果。確實有出場！就在某處！

啊……我從來沒有這麼開心過。擔任這部作品的女主角真是太好了。

咦？女主角？

所以說，有我大為活躍的下一集，也請多多指教！

雖然想追問女主角的事，然而沒空間了。唉，遺憾。下一集也請多多指教！

因為不是真正的夥伴而被逐出勇者隊伍，流落到邊境展開慢活人生 1~9 待續

Kadokawa Fantastic Novels

作者：ざっぽん　插畫：やすも

「勇者」因扭曲的執著而日益失控
雷德與妹妹的慢活人生面臨遭到破壞的危機！

輸給上一代「勇者」露緹的梵，內心萌生出強烈無比的念頭，同時燃起異常沉重的執著，誓言要擊敗露緹……！

雷德為了守護與妹妹生活的安穩日子，也為了以「引導者」的身分，努力將新的「勇者」導回正途，因而四處奔走。

各 **NT$200~240/HK$70~80**

賢者大叔的異世界生活日記
14
Kotobuki Yasukiyo
寿安清
Kadokawa Fantastic Novels

Sword Art Online

刀劍神域Progressive 1~8 待續

Kadokawa Fantastic Novels

作者：川原 礫　插畫：abec

穿越十幾二十重的陷阱，
桐人等人能夠掌握勝利嗎？

桐人試圖要曝光執掌「怪物鬥技場」的柯爾羅伊家的弊端，但是該處早已設下多重的陷阱。奪回「祕鑰」、討伐樓層魔王，以及阻止惡辣的陰謀──面對種種難題，剩餘時間只有短短兩天。這個高難度任務攻略的結果，將完全交給賭上全部財產的鬥技場大賽。

各 **NT$220~320/HK$68~98**

魔王學院的不適任者9
MAOH GAKUIN NO FUTEKIGOUSHA
～史上最強的魔王始祖，轉生就讀子孫們的學校～
作者†秋
Illustration†しずまよしのり
Kadokawa Fantastic Novels

國家圖書館出版品預行編目資料

異世界悠閒農家/內藤騎之介作 ; Seeker譯. -- 初版.
-- 臺北市 : 臺灣角川股份有限公司, 2023.01
冊 ; 公分
譯自 : 異世界のんびり農家
ISBN 978-626-352-165-0(第11冊 : 平裝)

861.57 111018410

Kadokawa
Fantastic
Novels

異世界悠閒農家 11

（原著名：異世界のんびり農家 11）

2023年1月4日　初版第1刷發行
2023年4月25日　初版第2刷發行

作　者：內藤騎之介
插　畫：やすも
譯　者：Seeker

發行人：岩崎剛人
總編輯：蔡佩芬
編　輯：楊芫青
美術設計：莊捷寧
印　務：李明修（主任）、張加恩（主任）、張凱棋

發行所：台灣角川股份有限公司
地　址：104台北市中山區松江路223號3樓
電　話：（02）2515-3000
傳　真：（02）2515-0033
網　址：www.kadokawa.com.tw
劃撥帳戶：台灣角川股份有限公司
劃撥帳號：19487412
法律顧問：有澤法律事務所
製　版：巨茂科技印刷有限公司
ISBN：978-626-352-165-0